KB236075

제8회
소월시문학상
수상작품집

문학사상사

제8회 소월시문학상 수상작 선정 이유서

　인간의 발은 땅을 딛고 있지만 머리는 항상 하늘을 바라본다. 그가 동물처럼 생존에만 만족치 않고 또한 신선처럼 초월만을 꿈꾸지 않은 이유가 여기에 있다. 참다운 인간의 삶은 현실과 이상을 적절하게 조화시키는 데서 가능한 것이다.

　우리의 언어 역시 마찬가지다. 그것은 현실을 반영하는 동시에 삶의 비전을 제시하는 것이어야 한다. 지상을 밝히는 등불이면서 동시에 하늘에서 반짝이는 별들이어야 한다. 모순의 축복이어야 한다.

　1993년의 어둠을 밝히는 그 수많은 불빛들 속에서 우리는 이 모순된 축복의 별, 지상에서 흔들리는 등불이 곧 하늘의 별이 되는 불빛 하나를 찾았다. 황지우라는 이름의 언어가 그것이다. 황지우에게 제8회 소월시문학상을 수여하는 이유가 여기에 있다.

　이제 타오르기 시작하는 그 불빛이 그의 시구처럼 화엄(華嚴)으로 고루 비추기를 기대한다.

1993년 10월

소월시문학상 선정위원회

구상 · 이어령 · 김남조 · 김용직 · 오세영

대상 수상작

황지우

뼈아픈 후회 / 15

물 빠진 연못 / 17

성(聖) 찰리 채플린 / 19

어느 날 나는 흐린 주점(酒店)에 앉아 있을 것이다 / 20

우울한 거울 3 / 22

나무는 여러 번 살아서 좋겠다 / 23

노스탤지어 / 24

낮에 나온 별자리 / 25

거대한 거울 / 27

살찐 소파에 대한 일기(日記) / 28

게 눈 속의 연꽃 / 36

비 그친 새벽 산에서 / 39

너를 기다리는 동안 / 40

눈보라 / 42

서풍(西風) 앞에서 / 44

잠자리야 잠자리야 / 45

연혁(沿革) / 47

초로(草露)와 같이 / 49

겨울—나무로부터 봄—나무에로 / 50
나의 누드 / 52

추천 우수작

강은교

별 / 59
작은 것들을 기림 또는 '배고프지 나의 사랑아' / 60
꿈 속에 / 61
개 / 62
어떤 비닐 봉지에게 / 64
어둠을 주제로 한 시 2편 / 66
아침 / 69
건너편 섬에 / 70
매일 자는 피 / 72
한 여자가 있는 풍경 / 74

김혜순

우파니샤드, 서울 / 79
레인 피플 / 81
서울의 밤 / 83

차 례

참 오래 된 호텔 / 84

슬픈 서커스 / 86

서울 / 88

손가락을 쪽 빨았다 / 90

낮잠 / 92

서울 길 / 94

기다림에 관하여 / 96

송 재 학

피리 / 101

철 아쟁 / 104

이 악다문 어둠 / 105

저 젖이 큰 여자 / 106

봄날 / 108

개 / 109

태풍 주의보 / 110

어머니는 무엇이든 잠재우신다 / 112

꽃핀 외잎승마 / 114

저녁의 어두워지는 입 / 115

차 례 ─────────────────────────

이 윤 택

맑은 음(音)에 대한 기억 / 119

살아 있다, 난 / 120

취객 / 122

홍 동지는 살어 있다 / 123

다시 무아(無我) 음악실에서 / 124

현실(現實)에게 / 126

비밀스런 양지 / 128

이 봄날을 겁탈하라! / 129

후기 풍경(後期風景), 혹은 포스트모던한 꿈 속의 도시 / 131

나는 지금 다운 타운으로 내려간다 / 134

임 영 조

염소를 찾아서 2 / 137

염소를 찾아서 3 / 139

아웃사이더 시대 / 141

우면산(牛眠山) / 143

붉은 가위표 / 145

수화(手話) / 146

세모(歲暮)에 / 147

차 례

장 석 주

검은 오버 / 151

낡은 책을 펴드니 그 책에 커다란 얼룩이 있었다 / 154

크고 헐렁헐렁한 바지 / 156

슈퍼마켓 / 158

미궁 / 160

잘못 배달된 화물(貨物) / 161

공룡과 흰 새 / 163

서울살이 스물아홉 해 / 165

무죄(無罪)를 기다리며 / 168

빈 상자들 / 172

최 승 호

노래하는 화살촉 / 177

회저의 시간 / 178

말머리 성운 / 179

회저 / 180

재 된 사람 / 182

갈가마귀떼 / 183

회전문 속에 떨어진 가방 / 184

물왕 저수지 / 185

차 례

시간 없는 서울 / 187
적멸보궁 / 189

하 종 오
가을날 / 193
상처 / 194
비 오기 전 / 195
안계들판 황새 / 196
안계들판에서의 서풍 한나절 / 197
안계들판 덕담 / 198
뱀처럼 / 199
심경(心境) / 200
열애 / 201
초봄 / 202

기수상 작가 우수작

이 성 복
중년 1 / 205
들풀 / 206
겨울 비가 1 / 207

겨울 비가 2 / 208
겨울 비가 3 / 209

김 명 인
그대의 말뚝 / 213
그해 광산 / 215
천로(天路) 가며 / 217
푸른 강아지와 놀다 / 219
무도(舞踏) / 221

심사평 / 225
수상소감 / 239
작가론 / 248

황 지 우

뼈아픈 후회 외

- '52년 전남 해남 출생
- 서울대 미학과 및 서강대 대학원
  철학과 졸업
- '80년 《중앙일보》 신춘문예에
  시 〈연혁〉 입선, 등단
- 김수영문학상 수상
- 시집 《새들도 세상을 뜨는구나》·
  《겨울—나무로부터 봄—나무에로》·
  《나는 너다》·《게 눈 속의 연꽃》

뼈아픈 후회

슬프다

내가 사랑했던 자리마다

모두 폐허다

나에게 왔던 모든 사람들,
어딘가 몇 군데는 부서진 채
모두 떠났다

내 가슴속엔 언제나 부우옇게
바람에 의해 이동하는 사막이 있고;
뿌리 드러내고 쓰러져 있는 갈퀴나무, 그리고
말라 가는 죽은 짐승 귀에 모래 서걱거리는

어떤 연애로도 어떤 광기로도
이 무시무시한 곳에까지 함께 들어오지는
못했다, 내 꿈틀거리는 사막이, 그 고열(高熱)의
에고가 벌겋게 달아올라 신음했으므로
내 사랑의 자리는 모두 폐허가 되어 있다

아무도 사랑해 본 적이 없다는 거 ;
언제 다시 올지 모를 이 세상을 지나가면서
내 뼈아픈 후회는 바로 그거다 ;
그 누구를 위해 그 누구를 사랑하지 않았다는 거

젊은 시절, 도덕적 경쟁심에서
내가 자청(自請)한 고난도 그 누구를 위한 헌신은 아녔다
나를 위한 헌신, 나를 위한 나의 희생, 나의 자기 부정 ;

그러므로 나는 아무도 사랑하지 않았다
그 누구도 걸어 들어온 적 없는 나의 폐허

다만 죽은 짐승 귀에 모래알을 넣어 주는 바람뿐

물 빠진 연못

다섯 그루의 노송(老松)과 스물여덟 그루의 자미(紫薇)
나무가
　나의 화엄(華嚴) 연못, 물들였네

이제는 아름다운 것, 보는 것에도 질렸지만
도취하지 않고 이 생(生)을 견딜 수 있으랴

햇빛 받는 상여처럼 자미꽃 만발할 제
공중에 뜬 나의 화엄 연못,
그 따갑게 환한 그곳 ;
나는 세상으로부터 잊혀지고
돌아와야 편한 정신병원 같은 나의 연못,
나는 어지러워서
연못가에 진로(眞露) 들고 쓰러져 버렸네

다섯 그루의 노송과 스물여덟 그루의 자미나무가
나의 연못을 떠나 버렸네
한때는 하늘을 종횡무진 갈고 다녔던 물고기들의
사라진 수면(水面) ;
물 빠진 연못, 내 비참한 바닥,

금이 쩍쩍 난 진흙 우에
소주병 놓여 있네

성 (聖) 찰리 채플린

　영화 〈모던 타임즈〉 끝장면에서 우리의 '무죄한 희생
자',
　찰리 채플린이 길가에서 신발끈을 다시 묶으면서, 그리고
　특유의 슬픈 얼굴로 씩 웃으면서 애인에게
　「그렇지만 죽는다고는 말하지 마!」 하고 말할 때
　나는 또 소갈머리 없이 울었지

　내 거지 근성 때문인지도 몰라 ; 나는 너의 그 말 한마
디에
　굶주려 있었단 말야 :
　「너, 요즘 뭐 먹고 사냐?」고 물어 주는 거

어느 날 나는 흐린 주점(酒店)에 앉아 있을 것이다

초경(初經)을 막 시작한 딸아이, 이젠 내가 껴안아 줄
수도 없다
생(生)이 끔찍해졌다
딸의 일기를 이젠 훔쳐볼 수도 없게 되었다
눈빛만 형형한 아프리카 기민들 사진,
'사랑의 빵을 나눕시다' 라는 포스터 밑에 전가족의 성
금란을
표시해 놓은 아이의 방을 나와 나는
바깥을 거닌다, 바깥 ;
누군가 늘 나를 보고 있다는 생각 때문에
사람들을 피해 다니는 버릇이 언제부터 생겼는지 모르
겠다
옷걸이에서 떨어지는 옷처럼
그 자리에서 그만 허물어져 버리고 싶은 생 ;
뚱뚱한 가죽 부대에 담긴 내가, 어색해서, 견딜 수 없다
글쎄, 슬픔처럼 쌍스러운 것이 또 있을까

그러므로, 어느 날 나는 흐린 주점에 혼자 앉아 있을
것이다
완전히 늙어서 편안해진 가죽 부대를 걸치고

등뒤로 시끄러운 잡담을 담담하게 들어 주면서
먼눈으로 술잔의 수위(水位)만을 아깝게 바라볼 것이다

문제는 그런 아름다운 폐인(廢人)을 내 자신이
견딜 수 있는가, 이리라

우울한 거울 3

한때 나는 저 드높은 화엄(華嚴) 창천(蒼天)에 오른 적
있었지
숫개미 날개만한 재치 문답으로!
어림 턱도 없어라

망막을 속이는 빛이 있음을 모르고
흰 빛 따라가다
철퍼덕 나가떨어진 이 궁창 ; 진흙 - 거울이어라

진흙 - 마음밭에 부리 처박고 머리털 터는 오리꼴이라니
더욱 더러운 것을 두려워하지 않아도 되니
신간은 편하다만

이렇게 미친 척 마음 가지고 놀다
병 깊어지면 이 어두운 심통(心筒),
다시 빠져 나갈 수 있을지 아슬아슬하다

나무는 여러 번 살아서 좋겠다

11월의 나무는, 난감한 사람이
머리를 득득 긁는 모습을 하고 있다
아, 이 생(生)이 마구 가렵다
어언 내가 마흔이라는 사실에 당황하고 있을 때,
하늘은 컴퓨터 화면처럼 푸르고
환등기에서 나온 것 같은, 이상하게 밝은 햇살이
왜정 시대의 로마네스크식 관공서 건물 그림자를
가로수가 있는 보도에까지 늘어뜨리고 있다
11월의 나무는 그 그림자 위에
가려운 자기 생을 털고 있다
내가 어떻게 마흔인가
병원을 나와서도 병명(病名)을 받아들일 수 없는 사람
처럼
나는 나를 받아들이지 못하고 있으며

11월의 나무는
아직도 살려고 발버둥치는 환자처럼, 추하다

그래도 나무는 여러 번 살아서 좋겠다.

노스탤지어

나는 고향에 돌아왔지만
아직도 고향으로 가고 있는 중이다
그 고향……………무한한 지평선에
게으르게,
가로 눕고 싶다 ;
인도(印度), 인디아!
무능(無能)이 죄가 되지 않고
삶을 한번쯤 되돌릴 수 있는 그곳

낮에 나온 별자리

오랜만에 서울에 와보면
서울은 아름답다,
특히 괴테 인스티튜트에서 남대문 쪽으로 내려올 때 바라본
색소폰 소리를 내는 매연이 아름답다,
고 말한 것은 나의 본의가 아니었다

다시는 돌아올 수 없는 곳 ;
캘커타에서 바라나시로 가는 도중에서 쓴
그녀의 편지는 내 호주머니 속에 있다
나는 그걸 읽지도 않았다

나에게는 연못이 있다
석양을 받아 둘레의 나뭇잎들을 후끈후끈하게
도금(鍍金)시키는 연못이 나에게 있다
나를 집어삼킨, 나의 필사적인 연못

그 연못에서 내가 너무 커졌다는 걸
서울의 옛 친구들이 느끼게 해준다
작아진 헌옷처럼 사람들을 버리고

나는 근심 어린 얼굴로 나를 위로할 수밖에 없었다 ;
그새 내가 커져 버렸나?

나는 우울한 돌덩어리에 대해 생각한다
모든 돌은 끔찍하다,
고 내가 생각한 것은
그녀가 내 삶에서 빠져 나간 뒤
때로 내가 허공을 육체처럼 껴안는 버릇이 생기고부터다

거대한 거울

한 점
죄(罪) 없는
가을 하늘을 보노라면
거대한 거울,
이다;
이번 생(生)의 온갖 비밀을 빼돌려
내가 귀순(歸順)하고 싶은 나라 :
그렇지만 그 나라는
모든 것을 되돌릴 뿐
아무도 받아 주지는 않는다

대낮에 별자리가 돌고 있는
현기증나는 거울

살찐 소파에 대한 일기(日記)

나는 아침에 일어나 이빨 닦고 세수하고 식탁에 앉았다
(아니다, 사실은 아침에 늦게 일어나 식탁에 앉았더니
아내가 먼저 이 닦고 세수하고 와서 앉으라고 해서
나는 이빨 닦고 세수하고 와서 식탁에 앉았다)
다시 뎁혀서 뜨거워진 국이 내 앞에 있었기 때문에
나는 아침부터 길게 하품을 하였다.
소리를 내지 않고 하악을 이빠이 벌려서
눈이 흉하게 감기는 동물원 짐승처럼

하루가 또 이렇게 나에게 왔다
지겨운 식사(食事), 그렇지만 밥을 먹으니까 밥이 먹고
싶어졌다
그 짐승도 그랬을 것이다 : 삶에 대한 상기(想起), 그것
에 의해
요즘 나는 살아 있다
비참할 정도로 나는 편하다 : 나는 아침에 일어나 이빨
닦고
세수하고 식탁에 앉아서 아침밥 먹고
물로 입 안을 헹구고(이 사이에 낀 찌꺼기들을 양치질하듯
볼을 움직여 물로 헹구는 요란한 소리를 아내는 싫어했다

내가 자꾸 비천해져 간다는 주의를 주었다) 소파에 앉았다

그러나, 소파!

'소파' 하면 나는 '비누' 생각이 났다가 또 쓸데없이

'부드러움'이라는 형용사가 떠오르다가 '거품-의자'가 보인다

의자같이 생긴, 젖통이 무지무지하게 큰 구석기 시대 (舊石器時代)의

이 다산성(多産性) 여인상은 사실은 비닐로 된 가짜 가죽을 뒤집어쓰고 있는데

'오우 소파, 나의 어머니!' 나는 속으로 이렇게

영어식으로 말하면서, 그리고 양놈들이 하듯 어깨를 으쓱해 보이면서

소파에 앉았던 거디었다

나는 오늘 아침 일어나 세수하고 밥 먹고 소파에 앉았다

소파에 앉으면 거실이 번역극(飜譯劇) 무대 같다

중앙에 가짜 가죽 소파 하나, 그 뒤엔 9시를 가리키고 있는

괘종시계가 걸려 있고 세잔느풍(風) 정물화 한 점, TV 세트,

창(窓)을 향한 행운목(幸運木) 한 그루, 그리고 폼으로

갖다 놓고 읽지도 않은

　카를 마르크스 《자본론》(모스크바, 프로그레스 출판사) 양장본 3권이

　가로로 쓰러져 있는 서투른 서가(書架)와 끊임없이 부글거리는 수족관 :

　그렇지만 이 무대에서 번역될 만한 비극은 없다

　다만 한 사나이가 아침에 일어나 세수하고 밥 먹고 소파에 앉았다

　젊었을 적 사진으로는 못 알아보게 뚱뚱해진

　손가락 하나 움직이는 것을 싫어하는

　최근엔 입에서 나쁜 냄새까지 난다고 아내에게 비난받은 바 있는

　이 사나이가 멍하니 소파에 앉아 마치 동물원 짐승이 그렇게 하듯이

　하품을 너무 길게 하고 눈물이 난 눈을 두 번 깜, 빡, 깜, 빡하고 있을 때

　무대 왼편(주방)에서 그의 아내가 등장했으며 그녀가 소파에 걸터앉아

　그의 턱을 쓰다듬어 주면서 면도 좀 하라고 하자

　그가 아내를 껴안으면서 「엄마!」라고 불렀을 뿐이다

하마터면 피아니스트가 될 뻔했던 아내가 출장 렛슨 나
가기 전에
　그에게 와서 나를 어루만져 줄 때가 나는 좋다
　나는, 아내가, 소파에 앉아 있는 그의 머리카락을 컷트
해 줄 때
　낮잠 자고 있는 그에게 가만히 다가와 나의 발톱을 짤
라 줄 때
　혹은 그를 자기 무릎에 눕혀 놓고 내 귓밥을 파줄 때,
좋다
　아침마다 그에게 녹즙을 갖다 주고 입가에 묻은 초록색
을 닦아 주자
　나는 그녀를 보면서 방그레 웃었다
　나는, 아내가 그를 일으켜 주고 목욕시켜 주고 나에게
밥도 떠먹여 주고
　똥도 받아 주고, 했으면 좋겠다
　나는 그의 남은 생(生)을 그녀에게 몽땅 떠맡기고 싶다
　코로 숨만 쉴 뿐, 꼼짝도 않고 똥그란 눈으로 뭔가 간
절히 바라고 있으면
　그녀가 다 알아서 해주는 식물인간(植物人間)이고 싶다
　가끔 햇빛을 받고 싶어하므로 창문을 열어 줄 필요만

있을 뿐
　동정할 수는 있어도 책임을 물을 수는 없는 이 행운목
나는
　이 병실(病室)에서 나가고 싶지 않다

　나는 오늘 아침에 일어나 세수하고 밥 먹고 소파에 앉
아서
　아내가 나갔기 때문에 하루 종일 집에서 혼자서 놀았다
　비계 덩어리인 구석기 시대 어머니상에 푸욱 파묻혀서
　괘종시계가 내 여생을 사각사각 갉아먹는 소리를 조용
히 들었다
　너무 많이 남아도는 나의 시간들이 누에 똥처럼 떨어졌
지만
　나는 수락했다, 이것도 삶이며
　이제는 그것에 개입하지 않겠다는 걸
　사람이 희극(喜劇)이 되는 것처럼 견딜 수 없는 일이 있
을까마는
　그러므로 무위(無爲)는 내가 이 나머지 삶을 견딜 수 있
게 하는 격(格)이랄까
　사람이 만화가 되어서는 아니 되기 때문에

비록 사나이 나이 사십 넘어서 「내가 헛, 살았다」는 깨달음이
　아무리 비참하고 수치스럽다 할지라도, 격조 있게,
　이 삶을 되물릴 길은 내가 아무것도 아니라는 것,
　이것 인정하기 조금은 힘들지만
　세상에 조금이라도 복수심을 갖고 있는 자들의 어쩔 수 없는 천함보다야
　무위도식배(無爲徒食輩)가 낫지 않겠는가! 나는 소파에 앉아서 하루 종일,
　격조 있게, 놀았다
　탄식하는 시계가 분침과 시침을 벌려
　역광을 받는 공작새처럼 화사한 오후를 만들고
　내가 손대지 않은 무구(無垢)한 시간을 뜯어먹은 누에가
　다른 종류의 생을 예비하는 동안
　수족관을 물끄러미 바라보는 내 얼굴에
　횡(橫)으로 도열한 수마트라 두 마리, 열대어 화석처럼 박혀 들어왔을 때
　나는 내가 담겨 있는 공기족관(空氣族館)을 느꼈다
　거기서 나는 고기처럼 또 하품을 했고
　MBC 뉴스 데스크에서는 전 해군참모총장이 검찰청 앞

에서

　검은 라이방을 쓰고 사진 기자들에게 포즈를 취하는 거
디었다

　내가 「오우 소파, 마마미야!」 외치면서 소파에서 벌떡
일어난 것은
　아내가 돌아왔기 때문이다(그녀는 무대 오른쪽에서 등장했다
슈퍼마켓에 들렀는지 식료품 봉다리를 들고)
　나는 오늘, 밥 먹고 TV 보고 잤다
　자기 전에 아내가 이 닦고 자라고 해서 이빨도 닦았다
　화장실 앞에서 전 해군참모총장처럼 포즈를 취했더니
　아내가 쓸쓸하게 웃었다는 것도 적어야겠다
　아 참, 오늘 날씨는 대체로 맑았고 서울과 중부 지방
낮 28도였다
　내가 안방 문을 열면 무대, 불이 꺼진다
　어둠 속에서 한 사나이가 외친다 ; 「지금, 옥수수밭에
바람 지나가는
　소리, 들리지? 저 15층 아래 강으로 나는 가고 있어
　밤에는 강이 긴 비닐띠처럼 스스로 광채를 낸다는 걸
이제야 알았어!

가련한 공기족(空氣族)들이여, 안녕, 빠이빠이!

게 눈 속의 연꽃

1
처음 본 모르는 풀꽃이여, 이름을 받고 싶겠구나
내 마음 어디에 자리하고 싶은가
이름 부르며 마음과 교미하는 기간,
나는 또 하품을 한다

모르는 풀꽃이여, 내 마음은 너무 빨리
식은 돌이 된다, 그대 이름에 내가 걸려 자빠지고
흔들리는 풀꽃은 냉동된 돌 속에서도 흔들린다
나는 정신병에 걸릴 수도 있는 짐승이다

흔들리는 풀꽃이여, 유명해졌구나
그대가 사람을 만났구나
돌 속에 추억에 의해 부는 바람,
흔들리는 풀꽃이 마음을 흔든다

내가 그대를 불렀기 때문에 그대가 있다
불을 기억하고 있는 까마득한 석기 시대,
돌을 깨뜨려 불을 꺼내듯
내 마음 깨뜨려 이름을 빼내 가라

2
게 눈 속에 연꽃은 없었다
보광(普光)의 거품인 양
눈꼽 낀 눈으로
게가 뻐끔뻐끔 담배 연기를 피워 올렸다
눈 속에 들어갈 수 없는 연꽃을
게는, 그러나, 볼 수 있었다

3
· 투구를 쓴 게가
  바다로 가네

  포크레인 같은 발로
  걸어온 뻘밭

  들고 나고 들고 나고
  죽고 낳고 죽고 낳고

  바다 한가운데에는
  바다가 없네

사다리를 타는 게,
게좌(座)에 앉네

비 그친 새벽 산에서

비 그친 새벽 산에서
나는 아직도 그리운 사람이 있고
산은 또 저만치서 등성이를 웅크린 채
창(槍) 꽂힌 짐승처럼 더운 김을 뿜는다
이제는 그대를 잊으려 하지도 않으리
산을 내려오면
산은 하늘에 두고 온 섬이었다
날기 위해 절벽으로 달려가는 새처럼
내 희망(希望)의 한가운데는 텅 비어 있었다

너를 기다리는 동안

네가 오기로 한 그 자리에
내가 미리 가 너를 기다리는 동안
다가오는 모든 발자국은
내 가슴에 쿵쿵거린다
바스락거리는 나뭇잎 하나도 다 내게 온다
기다려 본 적이 있는 사람은 안다
세상에서 기다리는 일처럼 가슴 애리는 일 있을까
네가 오기로 한 그 자리, 내가 미리 와 있는 이곳에서
문을 열고 들어오는 모든 사람이
너였다가
너였다가, 너일 것이었다가
다시 문이 닫힌다
사랑하는 이여
오지 않는 너를 기다리며
마침내 나는 너에게 간다
아주 먼데서 나는 너에게 가고
아주 오랜 세월을 다하여 너는 지금 오고 있다
아주 먼데서 지금도 천천히 오고 있는 너를
너를 기다리는 동안 나도 가고 있다
남들이 열고 들어오는 문을 통해

내 가슴에 쿵쿵거리는 모든 발자국 따라
너를 기다리는 동안 나는 너에게 가고 있다.

착어(着語) : 기다림이 없는 사랑이 있으랴. 희망이 있는 한, 희망을 있게 한 절망이 있는 한. 내 가파른 삶이 무엇인가를 기다리게 한다. 민주, 자유, 평화, 숨결 더운 사랑. 이 늙은 낱말들 앞에 기다리기만 하는 삶은 초조하다. 기다림은 삶을 녹슬게 한다. 두부 장수의 평경 소리가 요즘은 없어졌다. 타이탄 트럭에 채소를 싣고 온 사람이 핸드 마이크로 아침부터 떠들어대는 소리를 나는 듣는다. 어디선가 병원에서 또 아이가 하나 태어난 모양이다. 젖소가 제 젖꼭지로 그 아이를 키우리라. 너도 이 녹 같은 기다림을 네 삶에 물들게 하리라.

눈보라

원효사 처마끝 양철 물고기를 건드는 눈송이 몇 점,
돌아보니 동편 규봉암으로 자욱하게 몰려가는 눈보라

눈보라는 한 사람을 단 한 사람으로만 있게 하고
눈발을 인 히말라야 소나무숲을 상봉으로 데려가 버린다

눈보라여, 오류 없이 깨달음 없듯, 지나온 길을
뒤돌아보는 사람은 지금 후회하고 있는 사람이다

무등산 전경을 뿌옇게 좀먹는 저녁 눈보라여,
나는 벌받으러 이 산에 들어왔다

이 세상을 빠져 나가는 눈보라, 눈보라
더 추운 데, 아주아주 추운 데를 나에게 남기고

이제는 괴로워하는 것도 저속하여
내 몸통을 뚫고 가는 바람 소리가 짐승 같구나

슬픔은 왜 독인가
희망은 어찌하여 광기인가

뺨 때리는 눈보라 속에서 흩어진 백만 대열을 그리는
나는 죄짓지 않으면 알 수 없는가

가면 뒤에 있는 길은 길이 아니라는 것을
우리 앞에 꼭 한 길이 있었고, 벼랑으로 가는 길도 있
음을

마침내 모든 길을 끊는 눈보라, 저녁 눈보라,
다시 처음부터 걸어오라, 말한다

서풍(西風) 앞에서

마른 가지로 자기 몸과 마음에 바람을 들이는 저 은사
시나무는, 박해받는 순교자 같다. 그러나 다시 보면 저
은사시나무는, 박해받고 싶어하는 순교자 같다.

잠자리야 잠자리야

감나무 아래 평상 갖다 놓고
늘어지게 한숨 잤다
마당엔 말짱한 여름 볕, 부신 거울이다
이거 내가 잘못 깨어난 게 아닐까
다른 세상으로 내가 덥석 들어와 버린 것 같다
앞집 상구네 대청에 크게 틀어 놓은 라디오
다가와 내 발바닥을 빠는 형수의 똥개,
이런 것들이 나를 현세로 원위치시켜 주긴 했지만
이건 지독한 환각이다
감나무 그늘은 이미 호박밭 쪽으로 이동,
나는 완전히 노출되어 있었다
꿈도 없고 환한 빛으로 가득한 잠
끝, 부서지는 여름 광휘에는
갑자기 여기서 꺼져 버리고 싶은 역한 마음이 있다
빛 속에서 내 몸은 벌레들로 우굴우굴하다.
이 몸을 바꿔 버렸으면 털어 버렸으면, 환생했으면!
저 빛의 장막 뒤에 두고 온
육체 없는 진짜 몸으로
잠자리가 푸른 패랭이꽃 위에 앉을까말까 한다
곤충의 겹눈에 들어간 내 덩치

나는 내가 들어갈 관(棺) 크기만큼 커져 있다

연혁(沿革)

  설달 스무아흐레 어머니는 시루떡을 던져 앞바다의 흩어진 물결들을 달래었습니다. 이튿날 내내 청태(靑苔)밭 가득히 찬비가 몰려왔습니다. 저희는 우기(雨期)의 처마 밑을 바라볼 뿐 가난은 저희의 어떤 관례와도 같았습니다. 만조(滿潮)를 이룬 저의 가슴이 무장무장 숨가빠하면서 무명옷이 젖은 저희 일가(一家)의 심한 살냄새를 맡았습니다. 빠른 물살들이 토방문(土房門)을 빠져 나가는 소리를 들으며 저희는 낮은 연안(沿岸)에 남아 있었습니다.

  모든 근경(近景)에서 이름 없이 섬들이 멀어지고 늦게 떠난 목선(木船)들이 그사이에 오락가락했습니다. 저는 바다로 가는 대신 뒤안 장독의 작게 부서지는 파도 소리를 들었습니다. 빈 항아리마다 저의 아버님이 떠나신 솔섬 새 울음이 그치질 않았습니다. 물 건너 어느 계곡이 깊어 가는지 차라리 귀를 막으면 남만(南灣)의 멀어져 가는 섬들이 세차게 울고울고 하였습니다.

  어머니는 저를 붙들었고 내지(內地)에는 다시 연기가 피어 올랐습니다. 그럴수록 근시(近視)의 겨울 바다는 눈부신 저의 눈시울에서 여위어 갔습니다. 아버님이 끌려가신 날도 나루터 물결이 저렇듯 잠잠했습니다. 물가에 서면 가끔 지친 물새떼가 저의 어지러운 무릎까지 밀려오기도

했습니다. 저는 어느 외딴 물나라에서 흘러 들어온 흰 상여꽃을 보는 듯했습니다. 꽃 속이 너무나 환하여 저는 빨리 잠들고 싶었습니다. 언뜻언뜻 어머니가 잠든 태몽(胎夢) 중에 아버님이 드나드시는 것이 보였고 저는 석화(石花)밭을 넘어가 인광(燐光)의 밤 바다에 몰래 그물을 넣었습니다. 아버님을 태운 상여꽃이 끝없이 끝없이 새벽 물을 건너가고 있습니다.

삭망(朔望) 바람이 불어왔습니다. 그러나 바람 속은 저의 사후(死後)처럼 더 이상 바람 소리가 나지 않고 목선들이 빈 채로 돌아왔습니다. 해초 냄새를 피하여 새들이 저의 무릎에서 뭍으로 날아갔습니다. 물가 사람들은 머리띠의 흰 천을 따라 내지로 가고 여인들은 환생(還生)을 위해 저 우기의 청태밭 넘어 재배 삼배(再拜三拜) 흰떡을 던졌습니다. 저는 괴로워하는 바다의 내심(內心)으로 내려가 땅에 붙어 괴로워하는 모든 물풀들을 뜯어 올렸습니다.

내륙(內陸)의 어느 나라가 망하고 그 대신 자욱한 앞바다에 때아닌 배추꽃들이 떠올랐습니다. 먼 훗날 제가 그물을 내린 자궁(子宮)에서 인광의 항아리를 건져 올 사람은 누구일까요.

초로(草露)와 같이

오 환생(幻生)을 꿈꾸며 새로 태어나고 싶은 물소리, 엿
듣는 풀의 누선(淚腺) 살아 있는 것은 살아 있는 동안의
이름을 부르며 살 뿐, 있는 것이 있는 것이 아니고 사는
것이 사는 것이 아니로다 저 타오르는 불 속은 얼마나 고
요할까 상(傷)한 촛불을 들고 그대 이슬 속으로 들어가,
곤히, 잠들고 싶다

겨울―나무로부터 봄―나무에로

나무는 자기 몸으로
나무이다
자기 온몸으로 나무는 나무가 된다
자기 온몸으로 헐벗고 영하(零下) 십삼 도
영하 이십 도 지상(地上)에
온몸을 뿌리박고 대가리 쳐들고
무방비의 나목(裸木)으로 서서
두 손 올리고 벌받는 자세로 서서
아 벌받은 몸으로, 벌받는 목숨으로 기립(起立)하여, 그
러나
이게 아닌데 이게 아닌데
온 혼(魂)으로 애타면서 속으로 몸 속으로 불타면서
버티면서 거부하면서 영하에서
영상(零上)으로 영상 오 도 영상 십삼 도 지상으로
밀고 간다, 막 밀고 올라간다
온몸이 으스러지도록
으스러지도록 부르터지면서
터지면서 자기의 뜨거운 혀로 싹을 내밀고
천천히, 서서히, 문득, 푸른 잎이 되고
푸르른 사월 하늘 들이받으면서

나무는 자기의 온몸으로 나무가 된다
아아, 마침내, 끝끝내
꽃피는 나무는 자기 몸으로
꽃피는 나무이다

나의 누드

공중 목욕탕에 앉아서 제 손으로 제 몸을 구석구석
훑어 나가는 것은 한두 주일 동안의 때를 밀어내는
일만이 아니다. 일생(一生)이여. 이 부피만큼 살아왔구나.
질그릇처럼 아슬아슬하다. 대저
나는 무엇을 담고 있는가.
내가 있었던가. 나의 용적(容積)이 탕 밖으로 밀어내는
물?
거짓이 나를 만들어 놨을 뿐,
두뇌의 격한 질투심. 열등감. 뭐 드러내기 좋아하는
허영으로 적재된 서른 몇 해. 헐떡거리며 나는
하프 라인을 넘어왔다. 살아 있다면 내 나이쯤 되는.
가령
전태일 같은 이는 성자(聖者)다. 그의 짧은 삶이 치고 간
번개에 들킨 나의 삶. 추악과 수치. 치욕이다. 그의
우레 소리가 이 나이 되어 뒤늦게 나에게 당도했구나.
벼락맞은 청춘(靑春)의 날들이여. 나는 피뢰침 아래에
있었다. 나. 거기에 있었다.
그것은 선택이라기보다는 요행이었을 것이다.
내 속에 들어 있는. 묵묵부답인 소작농이여. 그는
그가 떠나지 못한 신월리(新月里) 북평(北平)의 방풍림

(防風林) 아래 윤씨

땅을 새마을 모자 채양으로 재어 가고 있을지도 모른다.

혹은 이웃 도암재를 넘어 그는 장독 굽는 도공(陶工)이
되려 했으리.

그는 소목(小木)이었을까. 말없이 성깔 괴팍한 미장이였
을까.

아 그는 대처에 나와 그의 바람기로 인해 노가다가 되
었으리라.

극장 간판장이였거나 방직 공장 경비원이었거나 철도
노동자였거나

추운 삶의 시퍼런 정맥을 따라 청계천(淸溪川)

평화시장까지 흘러갔으리라. 그는 땔나무꾼. 껌팔이.
신문팔이.

고물 장수였다. 역 뒤. 극빈(極貧)의 검은 강가에서
사흘 밤과 나흘 낮을 빈 창자로

서 있었고. 내장에 콸콸 넘치는 쓴 하수도. 뜨거운 내
눈알은

붉은 회충 알들이 청천에 날아다니는 것을 보았다.

어지러웠다. 현기증 사이로 본 부. 모. 형. 제. 전가족이
각각이 고아였다. 자원 입대한 형이 떠난 후

조개 석탄을 주우러 침목을 세며 남광주(南光州)까지 걸
어갔었다.
　산물(産物)을 가득 실은 여수발 화물 열차가 지나가고
　최저(最低) 생계(生計) 이하(以下)에 내 와 있는 차단기.
적신호(赤信號) 앞에
　서 있던 불우한 날들이여.
　풍진(風塵) 세상 살아오면서 나는 내 삶에, 그러나
　그 모든 날들을 부재(不在)로 만들어 버렸다. 고백은 지
겹다.
　모든 자화상이 흉측하듯. 나는 내가 살던 노천(露天)을
복개했다.
　캄캄한 여러 지류가 나를 지나갔다.
　지나갔었다. 그리고 지나간다
　지금 나는 알몸이다.
　내 손이 나를 만진다. 이것이 나다.
　때를 벗기면 벗길수록 생애(生涯)는 투명하다.
　낫자국. 칼자국. 자전거에서 떨어져 무르팍에 남긴
　상처가 내 몸과 함께 자라나고 있었다.
　돌아다보니 몇 바가지 물로 나와 같이
　목전의 자기 일생을 씻어 내는 알몸들.

알몸들이여. 나의 현장 부재중인 '나'들이여.

그러나 등 좀 밀어 달라고 나는 아직 아무에게도 말 못하고 있다.

이태리 타월을 들고 나는 한 노인의 등뒤로 다가갔다.

닿지 않는 나의 등으로.

강 은 교

별 외

- '45년 서울 출생
- 연세대 영문과 및 동 대학원
  국문과 졸업
- '68년 《사상계》 신인문학상에
  시 〈순례자의 잠〉 당선
- 한국문학작가상, 현대문학상 수상
- 시집 《풀잎》·《빈자일기》·《허무집》·
  《소리집》·《그대는 깊디깊은 강》

별

새벽 하늘에 혼자 빛나는 별

홀로 뭍을 물고 있는 별

너의 가지들을 잘라 버려라

너의 잎을 잘라 버려라

  저 섬의 등불들, 오늘도 검은 구름의 허리에 꼬옥 매달
려 있구나

  별 하나 지상에 내려서서 자기의 뿌리를 걷지 않는다

작은 것들을 기림
또는 '배고프지 나의 사랑아'

등뒤에는 장대하게 하늘이 펼쳐져 있고
배들은 떠나려고 긴 마스트들을 허공에 내밀고 있을 때
그가 내게 주춤주춤 손을 내밀었다.
태양은 닿을 수 없이 멀었으나
기다림에 지친 모래들, 방파제 밑에서 주욱주욱 울고
있었으나
바닷가 얇은 길 속에서
두런두런 사람들은
잘 떨어지지 않는 비닐 방바닥의 머리카락처럼
달아난 시간의 속살들을 엎드려 줍고 있었으나
힐끗힐끗 뭍을 들여다보며 나는〔飛〕새들

그가 내민 손을 나는 잡았다.

등뒤에는 장대한 하늘을 꼬옥 물고 있는 구름
눈물을 참고 참아 잔뜩 부은
바람 서넛

'배고프지 나의 사랑아/엎디어라 어서 무릎에 엎디어라'*

─────────────
* 이용악의 시 〈장마 개인 날〉에서 인용. '나의 사랑아'가 이용악
  의 시에서는 '나의 사람아'로 되어 있음.

꿈 속에

그 집은 꿈 속에 있네
그리고 가는 길을 잊어버렸네
붉은 파초 잎에 떨어지는 빗방울
흰 구름 무성하던 작은 뜰
너무 어려서 비를 뿌릴 줄도 모르던 작은 구름
길고 흰 부리에 주홍 바람을 물고 있던
살찐 거위 두 마리

그대가 꿈에 젖어 떨고 있는 사이
무성한 흰 구름은 가버리고,
붉은 파초 잎에 드러눕던 작은 빗방울
너무 작아서
세상을 적실 줄도 모르던 작은 빗방울

그 집은 꿈 속에 있네
그리고 가는 길을 잊어버렸네
길고 흰 부리에 주홍 바람을 물고 있던
날 줄 모르는 새, 살찐 거위 두 마리

그대 이제 집으로 가려는가……

개

이 시대에 은자(隱者)는 없다.

　햇빛도 설핏할 무렵, 좁고 더러운 골목길에 차들이 빼꼭
이 서 있다. 차들 사이로 개 한 마리 비굴하게 서 있다. 잘
목욕시켜 놓으면 아주 좋은 개일 것이라는 생각이 든다.
　크림색의 목덜미와 갈빛의 눈동자가 햇빛에 더럽게 빛
난다. 녀석은 행인의 뒤를 따라 이리 비실 저리 비실 걸
음을 옮긴다.
　아빠의 손을 잡고 오던 꼬마 계집아이가 「개야, 이리
와」 하고 소리를 지른다. 목소리가 사금파리처럼 햇빛 날
리는 길 위에 부서져 반짝거리며 앉는다. 개는 따라갈 듯
하다가 움찔 뒤로 물러선다. 꼬마 계집아이는 벌써 저만
치 사라졌다. 녀석의 갈빛의 눈, 참 아름다울 뻔했다. 꼬
리를 끌며 부서지는 햇빛……

이 시대에 은자(隱者)는 없다.

　차들 사이에 크림빛 개의 목덜미는 햇빛에 부서지며 외
로이 서 있고, 갈빛의 눈, 갈 곳이 없는 갈빛의 눈, 비실
비실 길 위를 헤맨다.

「개야, 이리 와」 내 입술이 낮게 달싹거리다 만다.

그때 등뒤에서 비틀거리는 한 사내, 취한 목소리가 달
려들었다.
「집으로 갑시다아⋯⋯집으로 갑시다아⋯⋯」

그대 한 손에 어둠을 들었으니
오늘 저녁 깊고 추운 어둠의 나락으로 들어가리라

이 시대에 은자(隱者)는 없다.

어떤 비닐 봉지에게

어느 가을날 오후, 비닐 봉지 하나가 길에 떨어져 있다가
나에게로 굴러 왔다.
그 녀석은 헐떡헐떡거리면서 나에게 자기의 몸매를 보
여 주었다.
그 녀석이 한바퀴 빙 돌았다, 마치 아름다운 패션 모델
처럼
그러자 그 녀석의 몸에선 바람이 일었다.
얄궂은 바람, 나를 한 대 세게 쳤다.
나는 나가떨어졌다. 한참 널브러져 있다가 내가 정신을
차렸을 때는
그 녀석, 비닐 봉지는 바람에 춤추며 가는 중이었다.
나는 마구 달려갔다, 바람 속으로
비닐 봉지는 나를 돌아보면서도 자꾸 달아났다. 나는
그 녀석을 따라갔다, 넘어지면서, 피 흘리면서
쓰레기들이 옹기종기 모여 있는 곳으로,
실개천이 쭈빗쭈빗 흐르고,
흐늘흐늘 산소가 없어지고 있는 곳으로,
우리의 꿈이 너덜너덜 옷소매를 흔들고 있는 곳으로,
비닐 봉지는 나를 돌아보며 소리쳤다,
나는 위대해! 나는 영원해!

나는 몸을 떨었다, 귓속으로 그 녀석의 목소리가 쳐들
어왔다.
　—나는 영원히 썩지 않는다네, 썩지 않는 인간의 자식
이라네,
　비닐 봉지는 바람 속에 노오란 꽃처럼 피어났다.

어둠을 주제로 한 시 2편

1. 김수영을 추억함
어둠이 온 뒤에도 또 오네
어둡다 말한 뒤에도 또 오네
등불 하나를 켜도 또 오네
등불 둘을 켜면서 또 오네
한 집 건너 또 오네
두 집 건너 또 올까
한 걸음 지나 또 오네
두 걸음 지나 또 올까
문 닫아도 문 닫아도 또 올까

2. 횃불
산에 어둠이 내렸다/신문지를 길게 말아 횃불을 만들
었다/손에 손잡고 미끄러져 내려오며/우리는 똑똑히 보
았다/밝혀질수록 어둠은 더 어두운 것을/돌들이 길게 누
운 밤 산에는 허리 굵은 나무들이 우뚝우뚝 서서/우리를
막았다/횃불은 어둠을 모르게 하는 게 아니라 우리가 얼
마나 어둠인가를 알게 하는 것이었다/산을 내려왔을 때
산에는 어둠이 가득하였다/나는 이런 시 하나를 생각했
다/

마음 한구석에 어둠이 살고 있었네
그 어둠 속에 한 사람이 빠졌네
사람들이 달려와 그 어둠을 펐네
밤새도록 펐네
드디어 그 어둠은 없어져
우리는 그 사람을 건져내었네
기쁜 우리는 어둠을 다아 퍼낸 줄 알았네

그 다음날 또 사고가 났네
우리는 몰려가 그 어둠을 펐네
밤새도록 펐네
드디어 그 어둠은 사라져
그 사람이 후들후들 심연에서 기어 나왔네
우리는 이번에야말로 어둠이 다아아 물러간 줄 알았네
기뻐 날뛰었네
하루 낮을
또 하루 낮을

집에 도착하니 누가 피곤한 내 등을 두드렸다/한 사람
은 높게 울고 한 사람은 낮게 우는 바람 소리였다/어둠이

그것의 허리를 붙안고 있었다 /

아침

이제 내려놓아라
어둠은 어둠과 놀게 하여라
한 물결이 또 한 물결을 내려놓듯이
한 슬픔은 어느 날
또 한 슬픔을 내려놓듯이

그대는 추억의 낡은 집
흩어지는 눈썹들
지평선에는 가득하구나
어느 날의 내 젊은 눈썹도 흩어지는구나.
그대, 지금 들고 있는 것 너무 많으니
길이 길 위에 얹혀 자꾸 펄럭이니

내려놓고, 그대여
텅 비어라
길이 길과 껴안게 하라
저 꽃망울 드디어 꽃으로 피었다.

건너편 섬에

건너편 섬에
등불 하나가 켜졌습니다.
서 있는 몇 척의 배에도
배고픈 자의 눈처럼
등불이 반짝이기 시작했습니다.

가까운 어둠이
먼 어둠을 지우기 시작했습니다.

가까운 슬픔이
먼 슬픔을 마시기 시작했습니다.

세상은 훌쩍이는 소리로
가득한데

또 하나 켜진
건너편 섬의 등불
혼자 빛납니다.
서 있는 몇 척의 배
혼자 등불이 됩니다.

나도 천천히
등불의 잔을 듭니다.
가까운 먹구름이
먼 먹구름을 마시기 시작할 때.

매일 자는 피

그 버스 종점 건너편에는 말썽이 붙은 땅이 하나 있습니다. 너덜거리는 키 작은 판자로 사방을 둘러쳤는데, 울퉁불퉁한 그 판자에는 시뻘건 페인트로 잔뜩 성난 사람이 쓴 것이 분명한 구호가 적혀 있습니다. 매일 자는 피…….

마음 약한 나는 얼른 내 팔다리를 돌아봅니다. 피들이 잠들어 있다구? 마음 약한 나는 머리도 흔들어 봅니다. 피들이 잠들었다구?

머리 속에는 그림자 하나가 길바닥으로 뛰어나갑니다. 아, 내 그림자? 팔을 뻗쳤더니 팔에서 실핏줄들이 한길 가운데로 쏟아집니다. 알약이 쏟아지듯이, 햇빛 환한 길, 내 사랑하는 양털구름도 없는 길.

아하, '매입자는 피해 보상을 하라' 는 구절이 비바람에 쓸리고 닳아 그렇게 된 것이군요.

한길에 나뒹구는 헌 그림자.

근방에선 물 잃은 물고기 몇 마리, 낡은 솜같이 너덜거리는 지느러미, 지상에선 쓸모없는 '바다 눈' 같은 것들 흐물거리며 날아다니고

눈꺼풀 위에 이빨이 있는 바닷가재, ─우리는 서로 핥아 주지요, 상처를.

햇빛은 어디로인가로 간다, 내 사랑하는 양털구름도 없
는 길, 집을 찾아서.

그 버스 종점 건너편.

한 여자가 있는 풍경

벗나무 밑에서
한 젊은 여자가 울부짖고 있다
제 가슴을 쥐어뜯는다
얇은 나일론 블라우스가
몰려 서 있는 은빛 안개를 흔든다.

아침이 그치고
여기저기 젖은 창마다
푸시시한 얼굴들이 내걸린다
기웃거리는 은빛 안개.

젊은 여자가 길고 높은 목소리
벗나무 굽은 가지를 흔들며
젖은 창마다 급히 달려가다가
오만하게 솟은 벽에 부딪혀
부스스 부서져 내린다
피가 흐른다.

아무도 대답하지 않는다.

젖은 창들이 스르르 닫히고
여자의 옆에 팽개쳐진 잡동사니 그릇들에
이제 일어선 햇빛
핏빛으로 반짝이며 고여 들 뿐,

우리들의 벽은 튼튼하고 튼튼하다.

김 혜 순

우파니샤드, 서울 외

- '55년 경북 울진 출생
- 건국대 국문과 및 동 대학원
  박사 과정 수료
- '78년 《동아일보》 신춘문예에
  문학평론 부문 입선
- '79년 《문학과 지성》을 통해 등단
- 시집 《또 다른 별에서》·《아버지가
  세운 허수아비》·《어느 별의 지옥》·
  《우리들의 음화(陰畵)》

우파니샤드, 서울

하늘이 빛의 발을 서울의 동서남북
환하게 내다 걸면 태양이 일천이백만 쌍
우리들 눈 속으로 떠오른다 그러면
서울 사람들 두 귀를
가죽배의 방향타처럼 쫑긋거리며
이불을 털고 일어난다
바람이 내 안으로 들어왔다 그대 안으로
들어가고, 다시 그대 숨이 내 숨으로
들어오면 머리 위에서 신나는 풀들이
파랗게 또는 새카맣게 일어선다 오오
그러다 밤이 오면 죽음이 몇 백년 몇 천년 전 할아버지의
배꼽을 지나 내 배꼽으로
들어오고 일천이백만 개의 달이
우리의 가슴속을 넘나들며 마음
갈피갈피 두루두루 적셔 준다
한밤중 서울의 일천이백만 개의 무덤은 인중 아래
모두 봉긋하고 오오오
또 한강은 일천이백만의 무덤 속을 헤엄쳐 나온
일천이백만 드럼의 정액을 싣고 조용히 내일로 떠난다
다시 하늘이 빛의 발을 동서남북 내다 걸면

일천이백만 쌍의 태양이 눈을 번쩍 뜨고
저 내장들의 땅 속 지하 삼천 미터 속까지
빛살 무늬 거룩하게 새겨진다

레인 피플

밤비가 찬찬히 빌딩을 닦고 있다
가끔씩 내려오는 하늘 그림자는
언제나 투명하다
우리 모래 나라의 깃발도
조금씩 깨끗해지고 있다
투명하게 울고 있는 비
하늘 나라엔 레인 피플이 사는대요
그들은 너무 울고 울어서
결국엔 모두 사라지게 된대요
물이 다 빠지면 꼭 우리같이 생겼대요
우산을 치우고 잠시 올려다보면
저 멀리 롯데 호텔도
손을 들어 감은 머리를 빗어 내리고 있다
모래 기둥이 조금씩 무너져 내려 길가에 쌓이면
투명한 그림자가
그것들을 쓸어 내가고 있다
내 팔짱을 풀고 그가 운다
밤비가 닦아 놓은
길 위에
눈물이 덜 마른 그가 잠깐 서 있다 사라진다

내가 찬찬히 닦여진다

서울의 밤

몇 개의 산맥을 타넘어야
네게 이를 수 있니
불개미 한 마리가
플라스틱 장미 꽃잎을
한 잎 한 잎 타넘어 가고 있다
몇 십 개의 계단을 올라야
잠든 너를 깨울 수 있니
저 혼자 불 켠 엘리베이터를 타고
온몸으로 두근거리는 내가
잠든 너의 몸 속을
한밤중 소리도 없이 오르고 있다
어떻게 등불을 빨아먹을 수 있니
나방이 한 마리
혓바닥을 바늘처럼 곤두세우고
한밤내 가로등을 찔러 보고 있다.

참 오래 된 호텔

참 오래 된 호텔. 밤이 되면 고양이처럼 강가에 웅크린 호텔. 그런 호텔이 있다. 가슴속엔 1992, 1993······번호가 매겨진 방들이 있고, 내가 투숙한 방 옆에는 사랑하는 그대도 잠들어 있다고 전해지는 그런 호텔. 내 가슴속에 호텔이 있고, 또 호텔 속에 내가 있다. 내 가슴속 호텔 속에 푸른 담요가 덮인 침대가 있고, 또 그 침대 속에 내가 누워 있고, 또 드러누운 내 가슴속에 그 호텔이 있다. 내 가슴속 호텔 밖으로 푸른 강이 구겨진 양모의 주름처럼 흐르고, 관광객을 가득 실은 배가 내 머리까지 차올랐다 내려갔다 하고. 술 마시고 머리 아픈 내가 또 그 강을 바라보기도 하고. 손잡이를 내 쪽으로 세게 당겨야 열리는 창문 앞에 나는 서 있기도 한다. 호텔이 숨을 쉬고, 맥박이 뛰고, 복도론 붉은 카펫 위를 소리나지 않는 청소기가 지나고, 흰 모자를 쓴 여자가 모자를 털며 허리를 펴기도 한다. 내 가슴속 호텔의 각 방의 열쇠는 프론트에 맡겨져 있고. 나는 주머니에 한 뭉치 보이지 않는 열쇠를 갖고 있지만, 내 마음대로 가슴속 그 호텔의 방문을 열고 들어갈 수가 없다. 아, 밤에는 그 호텔 방들에 불이 켜지든가. 불이 켜지면 나는 내 담요를 들치고, 내 가슴속 호텔 방문들을 열어 젖히고 싶다. 열망으로 내 배꼽이 환해진다.

아무리 잡아 당겨도 방문이 열리지 않을 땐 힘센 사람을 부르고 싶다. 비 맞은 고양이처럼 뛰어가기도 하는 호텔. 나를 번쩍 들어올려, 창 밖으로 내던지기도 하는 그런 호텔. 그 호텔 복도 끝 괘종시계 뒤에는 내 잠을 훔쳐 간 미친 내가 또 숨어 있다는데. 그 호텔. 불 끈 밤이 되면, 무덤에서 갓 출토된 왕관처럼 여기가 어디야 하고 어리둥절한 표정을 짓는, 자다가 일어나서 보면 내가 봐도 낯선 호텔. 내 몸 속의 모든 창문을 열면 박공 지붕 아래, 지붕을 매단 원고지에서처럼 칸칸마다 그대가 얼굴을 내미는 호텔. 아침이 되면 강물 속으로 밤고양이처럼 달아나 강물 위로 다시 창문을 매다는 그런 호텔.

슬픈 서커스

그녀는 의자 앞에 대걸레를 세운다
대걸레의 손잡이는 푸른 플라스틱 바케츠에 담겨 있다
푸른 바케츠는 물 찬 신발 같다
바케츠의 검은 물이 대걸레의 손잡이를 감싼다

그녀는 의자에 앉는다
의자에 앉아선 자신의 자켓으로 걸레를 감싼다
조금 전까지도 바닥을 닦던 걸레의 머리털에선 땟국물
이 줄줄 쏟아진다
그녀는 그 걸레의 머리털 위에 모자를 하나 씌운다
그녀는 웃으며 자신의 팔 하나를 떼어 걸레의 팔에 달
아 준다
시궁창에서 놀던 십 년 전 남동생을 안듯 그녀는 걸레
를 안는다
마치 의자 위엔 그녀가 앉고
그녀의 무릎 위엔 한 남자가 안겨 있는 것 같다
그녀는 대걸레 남자의 포켓에 손수건 하나 끼워 준다
행복한 여자의 머리 위에서 손수건 꽃이 저절로 핀다

여자는 걸레를 안고 잠이 든다

걸레도 손을 들어 그녀의 꽃을 만져 준다
그들은 너무 사랑하므로 포개어진 두 손은 하나처럼 보
인다
아무리 눈을 부릅뜨고 보아도 둘이 합해
그들은 팔이 두 개다
푸른 바케츠 신발이 그녀의 다리 사이를 파고든다

서울

유리문을 밀고 들어가면 또 유리문이 나온다. 유리문 안쪽엔 출구라고 씌어 있고, 바깥쪽엔 입구라고 씌어 있지만 그러나 나가든 들어가든 언제나 너는 어떤 몸의 내부에 속해 있다. 마치, 난자를 만난 정자가 그녀의 집에 영원히 체포되듯 너는 거기에 속해 있다. 내부의 사람이면 누구나 유리문을 밀고 나가 또 하나의 유리문을 향해 걸어가야 하며, 그곳을 나와서도 또 하나의 유리문을 열어야 한다. 밤이 오면 어떤 유리문들은 네온 사인을 달고 여기가 정말 출구예요 말하는 듯하지만 그러나 어디에도 출구는 없다. 어떤 유리문을 열면 거기 매맞은 얼굴들이 한 방 가득 들어 있고, 어떤 유리문을 열면 죽은 네 어머니가 웬일이냐 돌아앉으신다. 어떤 유리문을 열면 길 잃은 파리가 윙윙거리는 방안에 허벅지를 드러낸 여자들이 뒤엉켜 누워 있고, 어떤 방문을 열면 네 시신 위로 구더기들이 한없이 쏟아져 나온다. 어떤 유리문은 빗속을 맹렬히 달려 너는 젖은 머리칼을 흔들며 죽어라 그 문을 향해 뛰기도 해야 하고, 어떤 유리문은 지하 깊숙이 미로를 개설하기도 한다. 지하 미로의 매달린 문들의 이름을 믿지 마라. 어떤 문엔 친절하게도 오류역이라 적혀 있기도 하다. 혹은 어떤 문엔 십리를 더 가라고 적혀 있기도 하지만, 그 말을 믿지 마라.

이곳의 사람은 아무도 출구를 모른다. 설탕 병에 빠진 개미처럼. 일생의 시간을 다 풀어내어 만든 실뭉치 속에 숨어 든 파리처럼. 이곳 가슴의 미궁은 그리 넓지 않아 새벽 네 시경, 두 시간이면 동쪽 끝에서 서쪽 끝까지 주파할 수 있지만 몸 밖으로 출구를 찾은 사람은 아직 없다. 가슴속 투명한 미궁의 주인은 오늘 또 세간살이를 몽땅 싣고 정읍에서 올라온 다섯 식구를 접수한다. 그들도 이제 들어왔으므로 출구를 모르리라. 미궁의 유리문들이 점점 늘어난다. 길 위에 길이 세워지고, 물길 아래 물길이 세워진다. 너는 늘 떠나지만 멀리 가지 못하고 늘 제자리로 돌아온다. 새로운 길을 개척해 보려 하지만, 늘 역시 그 자리로 돌아오고야 만다. 벙어리 네 그림자는 말하리라. 땅바닥에 누워 네 바짓가랑이를 잡고 늘어져서 말하리라. 이 길로 가서는 안돼요. 언제나 길은 틀렸어요. 날마다 복선이 증가한다. 유리벽에 뭘 새길 수 있단 말인가. 그러나 너는 유리벽에 매달려 뭔가 새기려 하고 있구나. 꿈 속에 있으면서 꿈 속에 전령을 보내려고, 헛되이 허공 중에 고운 얼굴을 새기고 있구나. 날마다 유리문이 늘어난다. 이 몸을 깨뜨리고 어떻게 밖으로 나가지? 내 몸 밖에서 누가 나를 아직도 부르고 있는데.

손가락을 쪽 빨았다

오늘, 그가 고름 같은 막걸리 한 사발
새끼손가락 넣어 휘휘 저어 마시고 있을 때,
옛날 어느 나라엔 이런 일이 있었다
피고들은 웃고 판사들은
몰래 뒷문으로 법정에
드나들었다
피고들은 간수들과
기차 놀이하는 듯 가슴 묶이고 칙칙폭폭
즐거웠으나
원고는 얼굴을 숨겼다
서울의 모든 꽃들이 알리바이를 위해
향기를 감췄다
내일, 그가 돼지 비계 덩어리
새우젓에 찍어 안주 삼아
목구멍에 밀어 넣고 있을 때
옛날 어느 나라엔 이런 짐승이 있었다
이름은 병봉(幷封)이라 하는데
생긴 것은 돼지 같았고 앞뒤에 머리가 하나씩
도합 두 개 달려 있었다
피고 판사 꼬리에

피고 검사 머리가 붙어 있었으며
피고 변호사가 얼굴을 두 손으로 가리고 무궁화꽃이 피
었습니다
피고 검사를 내리치려고
자꾸만 법정 안을 목이 둘인 짐승이 뱅뱅 돌았다
피고 검사가 이번엔 네가 술래야
피고 판사에게 소리치며
꽃핀 봄 나무 아래 뱅뱅 돌았으나
여전히 오늘, 그는
모니터를 켜둔 채 막걸리를 휘휘 젓고 나서
손가락을 쪽 빨았다

낮잠

   미꾸라지 한 마리가 샘물 다 버려 놓는다고, 벼르고 별러 미꾸라지를 잡기로 한다 그래 나는 그를 버리기로 한다 나락 베어낸 자리에 고랑을 치고 나는 기다린다 한참 기다리다 내 몸 속으로 그가 차오르면 물을 훑어 내고 두 손을 집어 넣어 뻘을 제끼면 누런 미꾸리가 손에 잡힌다 아니 한 마리가 아니잖아 언제 이리 새끼를 깠누 나는 잡히는 대로 미꾸리를 움켜 낸다 잡아낸 미꾸리를 다라이에 담아 호박잎으로 쓱쓱 문지른다 껄끄러운 호박잎에 닿은 위장이 타는 듯하다 몸 속으로 다시 흙탕물이 차오른다 눈알이 다 뻘게진다 거품이 부글부글 솟아오른다 그래 잊어버리기로 하자 이제 그만 그의 집을 부숴 버리자 움켰다 놓았다 하던 꿈틀거리는 미꾸리 위에 그만 왕소금을 한 줌 확 끼얹고 재빨리 솥뚜껑을 갖다 덮는다 소금 맞은 미꾸리들이 솥뚜껑을 들썩들썩 밀어 올린다 그래 이제 조금만 참으면 가슴이 후련할 거야 가방이 던져지고 안경이 깨지고 그는 달아날 거야 그래그래 떠날 거야 다신 보지 말자 나는 양무릎 속에 머리를 처박고 기다린다 이제 남은 일은 저 미꾸리를 된장국에 푹 삶아 건져 뼈까지 부서지도록 갈아야 한다 내 잠 속에는 항상 맷돌이 있지 않던가 나날의 뼈를 부수어 저 꿈의 목구멍으로 밀어 넣던 잠

이 있지 않던가 나물을 넣고 끓여야지 산초 가루도 듬뿍
치고 땀 뻘뻘 흘리며 먹어 버려야지 그를 갈아먹는 거야
아궁이에 솥을 걸고 불을 지핀다 마당이 타는 아궁이 속
처럼 벌겋게 달아오른다 소금 맞고 죽은 미꾸리를 쏟아
부으려고 가마솥 뚜껑을 열자, 바로 그때 시어머니가 마
당으로 들어오신다 아이구 이 방 왜 이리 더워 문 열어
놓고 누워라 새아가

서울 길

내 마음엔 웬 실핏줄이 이리도 많은지요 이 실핏줄을 다 지나야 그곳에 당도하게 되겠지요 왜구가 출몰하여 강화도로 피난 가셨다고도 하고, 중공군 피해 해협을 건너셨다고도 하였지만 나는 수백 년 길 속에 갇혀 걷고만 있었지요 내 마음엔 웬 다리가 그리도 많은지요 매일 아침 다리를 건너 강 저쪽에 닿았다가 매일 저녁 다리를 건너 강 이쪽으로 돌아와요 마음의 저편 산자락 아래까진 가보지도 못했어요 그쪽에서 약수가 터져 마음 한 자락 싱싱하게 살아났다는 풍문 들었어요 당신이 그 물을 달게 마셨다고도 하고, 그냥 지나치셨다고도 하는 소문 들었어요 가슴 밑 어두운 산을 뚫고 나도 모르게 굴이 뚫렸다는 소식도 전해 들었어요 어디 계신지요 며칠 만에 시내에 나가 보면 아직도 포장도 안 뜯은 새 건물이 제본소에서 마악 도착한 신간 소설책 뭉치처럼 부려지고 있어요 날마다 당신에게로 가는 길이 늘어나요 길 속에 길이 있어요 지금 막 도착한 저 빌딩의 몸 속을 좀 들여다보세요 층계와 층계 사이로 불 컨 실핏줄들이 보이잖아요? 저 길을 언제 다 지나 당신에게 당도하지요? 서울이 서울을 낳아요 마음이 제 몸을 한껏 부풀려 또 마음을 낳아요 거기로 이삿짐을 가득 실은 차들이 쏟아져 들어오고 또 실핏줄이 엉

겨 붙어요 길이 나요 발을 딛지도 않았는데 또 길이 나요
언제 저 길을 다 뒤져 당신을 찾아내지요 당신이 보고 싶
어요

기다림에 관하여

나의 딸이 망원경 사달라고 하도 졸라서, 내가 단호하
게 안돼 돈 없어 했더니 내 딸이 나에게 말한다 이제부터
엄마라고 안 부를 거야 아줌마라고 부를 거야 그래 내가
그래그래 바라던 바야 했더니 아니 그럼 이제 할머니라
부를 거야 그래 내가 그래그래 바라던 바야 했더니 다시
좋아 진짜 증조할머니라고 부를 거야 그래 다시 내가 그
래그래 바라던 바야 했더니 아니야 이젠 진짜 웅녀라고
부를 거야 그래 내가 위가 아파서 마늘은 못 먹지만 할
수 없지 뭐 그랬더니 이번엔 진짜야 하등 동물이라고 부
를 거야 그래 내가 그거말고 별이라고 불러 줘 그 모든
할머니의 엄마는 별이니까 했더니 망원경으로 엄마는 안
보여 엄마는 내 별이 아니란 말이야 엉엉 운다

학교의 소설가 선생님과 부소산성 거닌다
선생님 낮에는 왜 별이 안 보이지요
여기가 너무 밝아서 그렇지요
선생님 낮에 별이 보인다면 어떻게 보일까요
어둡겠지요
선생님이 부서진 기왓장 하나 주우시며
백제 때 기와일까요 환하지요 하신다

잠든 시체에서 요 위로 구더기들이 기어 나온다
구더기들이 내 눈꺼풀 위까지 올라온다
돌아누울 때 갑자기 그의 말 들린다
아프지 말고 기다려요
기다리란 그 말에 모든 구더기들 날아오른다
수백 마리 파리떼가 잠든 시체 주위를
윙윙거린다
너무 가까운 은하수처럼 기다려요 기다려요
파란 소리들이 잠 못 든 시체를 감싸고 돈다

송 재 학

피리 외

- '55년 경북 영천 출생
- 경북대 치과대학 졸업
- '86년 《세계의 문학》에 시 〈어두운 날짜를 스쳐서〉 등으로 등단
- 시집 《얼음시집》·《살레시오네 집》

피리

1

피리 소리는 이제 중모리로 옮겨 가는 걸까 초여름 햇살 아래 창 밖은 흰 비단 무늬만 보인다 내 마음이 무늬 사이 촘촘하게 섞여 버린 것, 마음의 등뼈는 굽어 버린 듯 높고 낮은 산들만 중중모리 위로 솟아오르고, 산 속에서 푸른 숲이 길을 막는다 아니 푸른 물굽이가 먼저 성급한 걸음을 남긴 탓이다

나는 듣지 못했다 내 음악은 눈에 선연한 핏자국, 짐승을 단칼에 죽여서 튀는 피의 움직임, 늘 긴장하는 몸의 금선(琴線), 가지와 잎을 온통 덮어 버린 희고 붉은 철쭉이 소름처럼 느껴지는 초여름, 검은 개조차 여름에는 흰 빛으로 보인다

2

물에 절어 퉁퉁 불은 시체의 한쪽을 슬쩍 만져 보았던 어린 날부터
어머니는 고무줄바지 차림으로 사람들 사이에 섞였다, 게다가 나는
죽은 아버지를 피해 가던 파리한 소년

언젠가 젊은 어머니의 화장(化粧)이 슬퍼 낡은 집에 숨던 날
고요함과 우레가 찾아왔다

3
이제 나들이도 거의 없는 어머니의 낡은 카세트에서 삐져 나오는 저 피리의 끝없는 구멍들과 구멍들이 맞추는 부적(符籍)과 연민과 끊어졌다 다시 이어지는 길고 긴 여름 대낮, 어머니가 꺼내 보시는 금가락지의 누런색은 햇빛처럼 바깥까지 되비친다

4
피리 소리에는 살〔肉〕의 냄새가 없다
물 소리, 바람 소리가 뼈의 피리 구멍을 거친다
병(病)은 머물 곳 없어 늙은 사람을 찾는다

5
죄는 피리 소리를 거쳐 물이나 마른 꽃에 섞여 어머니의 방으로 떠돌지만 곱살문을 지나서도 어느 곳으로 가지 못하고 다시 피리 속에 눕는다 어느 무덤에나 각시붓꽃이

핀다고 믿는 늙은 여자의 하루에는 얼마나 많은 희망이
발자국 소리를 냈던가

6
사람들은 귀가하여
어머니를 기웃거린다
피리와 금은 사라지고
추억 곁, 죄의 느낌도 드물다
늙은 어머니는 자리를 깔고 아픈 삭신과
금강경 속에 기댄다

아무도 어머니의 피리 소리를 듣지 못한다

철 아쟁

폭포 안팎에 쇳물 끓는 소리 울린다
허나 마음 어디 폭포를 걸 만한 곳이 있으랴
붉은 절개지와 푸른 소나무 사이 꽃그늘로
아쟁을 떠메고 가는 사람과 만난다
물의 몇 십 리를 보고 싶으면 아쟁의 높은 현을 뜯으면
되는 것을
발걸음은 몹쓸 목청만 뒤쫓는다
이내 목 쉬고
살 터진 손가락 끝에 치솟는 폭포는
어디서나 소(沼)의 꿈을 꾼다

식은 국 떠먹는 누추한 하루, 희망 대신 현을 건드린다
아자창(亞字窓) 아래 주막(酒幕)을 짓는 마음 곁에
살여울이 지나간다, 땡볕에 엎드린
사람의 병(病)만 점점 난폭해져
아쟁아, 철 아쟁아!

이 악다문 어둠

그는 길 위에서 죽기를 바란다
뼈와 살들이 겉으론 단단하지만 속으로 푹푹 썩어 가다가
어느 날 무릎과 어깨가 꺾이면서 비로소 흙냄새를 맡을 때
무거운 트럭이 앞날을 덮쳐 뇌수도 흩어지고 마음도 스산해지면서
사람들이 그의 몸에서 망가짐의 의미만 읽어 가고
식구들조차 외면하는 죽음을 바란다
고요함이 삶의 마지막 외투이길,
그때 죽음이란 딱딱한 편견이 아닌 흰 빵같이 씹어 먹을 수 있는 것을 믿는다
이 악다문 삶이란 분노에 다름아닌 것을,
단지 따사로운 햇빛이 뿜어내는 낮은 노래만 듣고 싶을 뿐이다

그의 현란한 꿈을 보고 싶으면 내가 읽은 책들을 펼치면 될 것이다

저 젖이 큰 여자

한 여자가 횡단 보도에서 쓰러졌다 시장 앞 많은 사람들이 들락거리는 곳이지만 나는 한눈에 여자의 엷은 블라우스와 축 늘어진 젖을 알아보았다 출근 길 방향을 이쪽으로 바꾸고 일주일에 두 번쯤 그녀는 신호등에 잡혀 차속의 나를 물끄러미 쳐다보곤 했다 그때마다 여자는 김이 무럭무럭 나는 냄비를 들고 있었다, 그 양은 냄비의 섬찟함! 지나가 버린 날들이란 저 양은 속의 고깃덩어리 같은 것, 그녀 이마의 검붉은 흉터가 내 시선을 이끌었다 상처가 정신의 흔적이라는 금언(金言) 탓인가 그녀는 자주 중얼거렸는데 내 귀는 그 말을 개새끼, 개새끼라고 옮겨 주었다 크고 덜렁거리는 젖만이 지난날의 흥분을 수군거릴 뿐 이미 늙어 버린 여자의 얼굴은 아무 곳에도 달려가지 않겠다는 권태가 꾸물거리고 있었다 아니 그녀의 눈빛은 도시와 산을 지나 비구름과 우레에 다가가 있는지도 모른다 사람들이 좌악 모여들고, 여자의 남편일까, 얼굴 붉은 남자가 그녀를 안고 택시를 잡았다 내 차를 권하려고 그에게 다가갔지만 내 수줍음을 밀치며 그는 욕설과 술찌기를 남기며 서둘러 사라졌다

사람들이 흩어지고 다시 차들은 신호 사이로 죽죽 빠졌

지만 그 여자가 쓰러진 곳에는 벌써 검게 상하는 피가 한 움큼 고여 있었다, 하혈이었구나 후미진 곳에서 나는 오래 토악질을 했다 달맞이꽃을 꺾어 보면 그 여자의 팔짱 낀 앞날이 지척에 있음을 알겠다

봄날

산의 터널 공사가 시작되었다
햇빛 기둥과 소나무가 무너진다
는개와 푸른 새순,
포크레인과 덤프 트럭의 길이 갈라지고 부딪치는,
그곳에는 절벽이 없다
늙은 여자의 화장(化粧)은 봄날을 힘겨워한다
다홍치마 아이가 목덜미를 봄볕에 맡긴다
나무 베던 인부들이
저녁을 묻어 버린다
금빛에 떠밀려 새는 산을 잃고
끄다 만 모닥불은 점점 뜨거워진다
늑골을 뜯고 비집고 올라오는 노루귀 흰 꽃 옆
우레와 폭우가 서성대는 봄밤

개

죽은 개는 아직 따뜻하다
경직은 대가리에서 시작된다 대가리에서도
아가리의 이빨 부근, 어떤 죽음은 멈출 수 없고
어떤 죽음은 연약하다
막내아이가 저 입 좀 봐, 소리친다
아이는 수성(獸性)만이 가진 쌩쌩한 목청을 만져 보았다
푸른 산처럼 부풀었다가
흰 사기 그릇에서
컹컹! 부서지던

물과 어둠의 난폭함이 뜯어먹은 갯바위
성욕을 베낀 두꺼운 책의
아가리,
쩍 벌린 저 동굴 입구까지 헤아릴 수 없는 페이지를 넘
긴다

알 수 없는 비애에 마음이 할퀴운 채
어제나 오늘 아침 누렇던 산등성이를
제비꽃이나 매발톱의 눈부신 초록으로 덮어 버리는
죽음이 만지는 어느 하루!

태풍 주의보

1

티브이 소리가 웅웅거린다 자주괭이밥 꽃잎이 요염하다
벌써 몰아 닥칠 물의 기미를 알아챈다 아니 누구나 여울
의 지느러미와 폭우가 합수하는 폭포의 마음이 있다 그는
설레임 없이 위험한 탑리로 떠날 것이다 그곳에서 약국이
되겠니? 그냥

태풍을 앞세워 필리핀군도가 곤(鯤)의 몸을 일으킨 꿈
을 꾼 적이 있다 세 마리 나비가 모여 잎을 이루는 자주
괭이밥, 자주색에서 비늘 같은 요절을 읽는다 어린 날에
는 개나 염소 심지어 소가 죽는 것도 보았다 모두 골뱅이
안주에 젓가락이 간다 위성 사진의 한반도는 굽어 있다
이화령을 넘어 바람 많은 강을 보러 가자, 김(金)이 자신
없는 어투로 내뱉는다

누군가 문을 열고 들어서자 형광등에 그을린 그림자로
남지나해까지 출렁거린다 갑자기 말수가 없어지고 추워져
서 급한 술을 들이킨다 조(趙)와 장(張)은 금방 일어설 기
색이다 강을 건너도 으르렁거리는 강물이 다시 휘모리 굽
이치곤 했다 곤이나 붕의 푸득거림도 보였다 오키나와 근
해까지 한 폭의 광목처럼 여겼지 이제 강은 물길이 좁거
나 더러워지고 큰 짐승들은 다시 태어나지 않는다 그가

문을 닫자 자주괭이밥 달력이 녹슨 못을 물고 떨어진다
어딘가 구석의 등불이 부서지고 방은 어두워 간다 탑리의
전화 번호를 중얼거린다 태풍은 동해로 빠져 나가고 티브
이 바깥을 덮치진 않는다 그는 생활을 걱정하는 탑리로
떠날 것이다

2
의성 탑리 경일약국 장후진 이사고급사 1991년 9월 7일
오전 8시 10분 대구 대명동 영남대학병원 기세 자이고부
(義城 搭里 慶一藥局 張厚鎭 以事故急死 一九九一年 九月 七
日 午前 八時 十分 大邱 大明洞 嶺南大學病院 棄世 玆以告
訃) ……

어머니는 무엇이든 잠재우신다

식구들을 잠재우고 어머니는 화초마다 물을 뿌린다 서늘한 기분으로 나무들은 편안하고 어머니는 쓸데없는 텔레비전과 카세트의 전원을 뽑는다 자주 헐거워지는 수도꼭지를 잠그고 바깥의 어수선한 어둠을 커튼으로 가린다

그리고 자리에 누우면 어머니 몸 안팎으로 밀려오는 것들, 비가 몸을 적시고 늘 축축한 머리맡엔 장마가 이어진다, 돌아가신 아버지를 기억하는 방마다 향을 피운다 죽은 사람과 향냄새를 피해 뱀은 어머니 아랫도리를 파고든다 구더기는 허벅지 살 속에 알을 쓴다 거미들은 잇몸을 물어뜯고 새는 흰 머리를 쪼아댄다 누군가 피를 토하고 노래를 부르고 미쳐 날뛰는 밤은 아, 하고 입을 벌린다 날마다 파헤쳐지는 절개지는 넓거나 붉고 감당하지 못할 밤은 길고 긴 소맷자락을 갖추고

아버지는 어머니를 잊어버렸다 어머니는 아버지를 천리향이나 침묵으로 떠올린다 어머니는 아버지 이야기 대신 아이들 옷을 빨거나 새삼스레 흰 고무신을 한 켤레 산다 아이들이 제 할아버지를 궁금해 하면 스님 이마 씻은 물맛 같은 사람이야, 둘러대고 햇빛 끝에 혹 벌초를 핑계

삼아 버스를 탄다

　어머니는 향을 다시 피우고 뱀에게 살을 베주고 구더기 새끼들을 키운다 거미들은 어머니 잠그늘마다 거미줄을 친다 새는 그 위에 둥지를 튼다 짐승의 마음들이 고이 잠들고 나면 밤은 천수경처럼 환하다

꽃핀 외잎승마

꽃핀 외잎승마가 섬세하고 맑다고?

그 잎들이 챙겼던 햇빛의 시퍼런 비명과
그 뿌리들이 비루먹도록 퍼마셨던 둥근 물,
곧 더러워질 물을 기억하니
하루에도 수없이 명멸하는 하루살이와
슬픔의 꼴이 능청스런 외잎

제 몸 속 견딜 수 없는 소갈증이
꾸역꾸역 밀려나와 꽃핀,
외잎승마가 느낌표처럼 이쁘다고?

카타리나 수녀가 여름내 홀로 키운
외잎승마, 외잎, 외……

저녁의 어두워지는 입

저녁의 숲은 상한 짐승을 거두네
제 성질을 이기지 못하여 사나운 나무며 바위인 채
점점 붉어지는 울음
절의 풍경(風磬) 소리가 그 짐승의 상처를 하품으로 바
꾸기도 하네
잎을 떨군 활엽수림의 휘파람 소리
괴로움만으로도 나무들은 가파른 번개를 따라가고
계류의 물은 번쩍거리네
별빛보다 먼저 닿는 저녁 비 뒤로
슬픔은 다시 돋아날 어린 잎을 찾아 입맞추네
짐승의 마음 안에도 이미 나무들은 풍경을 잃고 벌목당
하네
탱자 울타리의 푸른 가시가 저녁의 허기에 돋아나네
금방 물에서 건진 흰 빨래처럼 숲이 갑자기 고요해질 때,
때아니게 넘치는 계류의 황톳물과 짐승의 식욕은 흉폭
해져
제 살을 뜯어먹는 입과
죄를 헤매는 마음과
저녁의 어두워지는 입들……

이 윤 택

맑은 음(音)에 대한 기억 외

- '52년 부산 출생
- 방송통신대 초등교육과 졸업
- '79년 《현대시학》에
  시 〈천체 수업〉으로 등단
- 시집 《시민》·《춤꾼 이야기》·
  《우리는 지금 제네바로 간다》·
  《막연한 기대와 몽상에 대한 반역》

맑은 음(音)에 대한 기억

내가 휘파람을 배운 건 일곱 살 때다
여름이었다
맑은 음이었다
나는 휘파람으로 이 세상을 유혹하고 싶었다
역시 일곱 살인 내 사랑……천변 건너 그 여식애의 집
……그 주변 다리 밑 동천강
동천강의 피라미떼
내 맑은 음(音)이 닿는 세상은 둥글고 따뜻했다

언제부터인가 나는
논리를 익히고 기하학을 배우면서
내 사랑에게 말을 하기 시작했다
난 휘파람을 잃었고
우린 심심찮게 말다툼을 했고
그때부터 세상은 내 삼각자 밑에 놓인 도면이었다
그때부터 난
염증을 앓기 시작했다

살아 있다, 난

살아 있다, 난 아침 아파트 베란다에 서서
살아 있다, 공복의 담배를 깊숙이 들이마시면서
살아 있다, 난 진한 커피를 마시면서
오늘이란 시간이 내게 할애해 줄 좋은 일을 생각한다
그래, 살아 있다, 좋은 일이 있을 것 같다
산책을 나간다, 긴 장마 사이 얼핏 비치는 한 평 반 푸름을 위안 삼고
아파트 옆 개천 위로 둥둥 떠 밀려가는 저 찌꺼기들까지 아름답게 느끼려 한다
창을 열고 젖은 이불을 널어 말리는 사람들
모두 용케 살아 있다. 유리창을 닦고 전구를 갈아 끼우면서
이런 식으로 살아 있다
살아 있다는 것이 매일 조금씩 불투명해지는 창(窓)일지라도
매일 화분에 물을 주는 사람들
살아 있다는 것이 즐거운 건지 쓸쓸한 건지
한때의 반짝임인지
어느 순간 맥없이 부서지는 오르간인지
잘 모른다. 알고 보면 가혹한 시간, 그러나

이 가혹함을 견디면서
살아 있다, 난

취객

난 말이야. 이렇게 술을 마시면서 백 살까지 살고 싶었어
술에 반쯤 절어서 기분 좋게 죽고 싶었어
봄에는 아지랑이 속에서 나도 아지랑이 되어 흥얼거리고
여름에는 뜨거운 자갈돌에 알몸으로 퍼질고 누워 독한
중국 술을 빨고
가을에는 단풍을 안주로 삼고
겨울에는 메주로 익고 싶었어
내 관절 마디마디 술이 가득 고여서
흐르는 시간 속에 형체도 없이 스며들어 가는 액체로
영혼 저편으로 흘러가고 싶었어
그런데, 틀렸어, 다 틀렸다
이 세상이 날 술 마시게 하지 못했어
십 년을 긴장하고 살다 보니까
아무리 술을 마셔도 취하지 않아
두 눈 똑바로 뜨고 살아야 한다 하길래
그렇게 십 년을 보내고 나니
내 관절 마디마디가 굳어져서
당최 술을 받지 않아
그래서 난 지금 복날 털 빠진 개로 이렇게 드러누웠어
소주(燒酒)가 되려고

홍 동지는 살아 있다

사람들은 향수병이 들어서
주말이면 서울을 다 비우고 어디론가 떠난다

어이——
나와서 놀자

못생긴 여편네 치마폭에서 놀지 말고
의심 많은 남편 옆에서 하루 종일 설설 기지 말고
인사동 대학로 북촌창우(北村唱友)로 만나 보자
홍 동지는 살아 있다
내 화려한 실패작도 좀 구경하면서
인왕산을 올라 보자

오, 그리워 ×새끼들

다시 무아(無我) 음악실에서

아름다워, 네 얼굴을 가만히 보면
낯선 사내의 방문을 받는 느낌이다
넌 누구지?
어디서 왔지?
어떻게 살고 있는데?

그렇게 새삼스런 물음을 던지면서
음악의 창(窓)을 통해 나를 보고 있다
이때의 내 모습은 차고 단단한 유리알 같다
그 투명한 음악의 창을 통해
내가 지나온 세상
흰 천에 찍힌 핏자국처럼 낭자한 그런 길이 보이고

어둔 하늘 날개 치는 소리
내 이마에서 꽃잎 피는 소리

앗, 뜨거!
나는 비명을 지르며 깨어나고
어둔 세상 저 너머 7부능선 끝에 둥실 떠 있는
내 얼굴을 본다

아름다워 네 얼굴

현실(現實)에게

미안하다 이렇게 연락을 끊고 지내서
내 신열은 아직 가라앉지 않고 있다 아직 모로 누워 칼
잠들고
악몽을 꾼다 아직!
세상이 내게 생트집을 부린다
다시 밖으로 나가고 싶지만
신열 때문에 세상을 제대로 읽어 낼지 의문이다
우린 서로 등을 부비며 처절하게 살았다는 생각이 든다
살을 찢고 뜨겁게 부딪치며 두 번 세 번 네 번 소용돌
이 치면서
우린 그렇게 한 배를 타고 흔들렸었다
혈관 깊숙이 타고 올라오는 네 숨결
애증(愛憎)의 아수라
아득한 바닥 끝까지 떨어졌던 그 살내음을 뒤로하고
나는 남쪽으로……
지쳐 달아나는 파락호였다
미안하다 연락을 끊고 지내서
그러나, 우린 이제 거리가 필요하다
필사적으로 너로부터 나를 떼어 내면서
다시 너를 보고 싶다

이만 총총

비밀스런 양지

비밀스런 양지 언덕빼기 농가 한 채쯤 마련하고
세상 밖의 동생들에게 편지를 쓰고 싶다
너희들이 몰라볼 만큼 커서 내가 세운 집을 헐고 눈부
신 이층집을 세웠으니
입춘대길(立春大吉)의 뜻을 보낸다
그러나, 세상살이에 삐치거나
패가망신의 기운이 감돌거든
식솔을 이끌고 여기 내려와 안식년을 보내거라
녹색 연못에 몸 담그고 물장구치면서
물 그림자에 흔들리는
세상과 거리를 느껴 보자꾸나
언제든지 떠나라면
훌 털고 천리길을 달려갈 수 있는 비밀스런 양지
그런 기댈 언덕이 있는 사람은
결코 이 나른한 봄날을 허락하지 않는다
다시 불온한 세상 속으로 복귀한다
즐겁게 지지고 볶고 싸운다

이 봄날을 겁탈하라!

내 십 년 묵은 음부 백선을 고치려고
남국의 그늘 밑으로 갔다
거기서 축축한 사타구니를 널어 말리면서
리우란 태국년을 만나 사랑을 하고
어느 날 문득 소스라쳐 깨어 서울로 돌아왔더란다
그사이 세상이 도대체 어떻게 변해 버렸단 말인가
눈 깜짝할 새 늙어 버린 친구들이 말한다
이제 노스탤지어의 시대
빨리 네 의식 과잉의 두개골을 해체해라
해체의 시대는 물 건너갔다
그래서인지 내가 쓰는 미니 시리즈는 초반부터 의식 과
잉으로 비틀거린다
댁의 남편은 어떻느냐는 관심권 밖으로 밀리고
색 바랜 대청마루 기생 이야기 치마폭 밑에 눌린다
지금이 어느 시댄데 비장한 80년대의 흑백 화면으로 사
람 긴장시키는 거야
그러면서, 사람들은 복고풍으로 채널을 돌린다
요즘 무척 40대에 죽을 4자가 든 친구들이 많아져서
서울을 등지고 전라도로 강원도로 거처를 옮겼다는 풍
문도 들린다

혹자는 티브이 토크 쇼 사회자가 된다고 하고
혹자는 임권택 감독의 서편제에 출연하는 영화 배우가
되었다고도 하는데
내가 물갈이에 참여했던 문학정신이 폐간되고
서슬 푸른 군사 정권 밑에서 녹을 먹던 늙은 시인이 나
타나
문학 정신을 외친다
어, 이거 왜 이래?!
그러면서 나는 졸지에 저 혼자 폴짝 뛰는 개구리 신세
가 된다
아뿔사 이게 제대로 풀린 봄이 아니로구나
내 남은 밑천이라곤 남국의 햇볕 속에 널어 말리고 뜨
거운 자갈돌로 달군
의식 과잉의 좆 대가리뿐
불순한 봄날 속으로 치고 들어가 뜨겁게 흔들어 놓을까
부다

후기 풍경(後期風景), 혹은 포스트모던한 꿈 속의 도시

―이 거대한 폐허를 꿈이라고 믿을 수 없었다. 이건
　　현실이다. 나는 지금 현실 속을 비행하고 있는 것이다

1. 저기는 인간이 살지 않을 것이다
수분을 상실한 잡초들 사이
언덕 위의 하얀 집
하얗던 페인트 칠이 벗겨지고
녹슨 판자의 삐걱거림
저기는 인간이 살지 않을 것이다는 판단을 비웃듯
늙은 백인이 개를 끌고 지나간다
중고 차들의 툴툴거림
툴툴거리며 앞만 보고 달리다가
똥물이 흐르는 강 속으로 슬금슬금 밀려나
고철더미로 폭싹 내려앉는다

2. 불온한 낙서
여기서 사람 냄새를 풍기는 건
저 난잡한 낙서들
이제 이 도시의 반체제는
저 핑크빛 욕설들뿐

3. 죽음은 도시의 외곽을 친다
조금이라도 죽음에서 비껴서 있으려는 중산층들의 얄팍

한 상흔이 도시의 외곽을 친다.
  여기서부터 화장 공장이 들어서고
  한 평 반 영구 입주권이 주어지면서
  엄청나게 큰 굴뚝에서 펑펑 뼈를 태운 그을음이 솟구쳐 올라
  맑은 하늘을 다 지운다
  생전의 탐욕이 얼마나 큰지
  도시 외곽 집값을 다 떨어뜨린다

  4. 라면을 찾아서 밤거리로 나선다
  아파트를 나오자마자
  적색등이 켜지고
  어디선가 여자의 비명 소리가 들린다
  동공이 풀린 어린 떼강도들이 우르르 몰려 지나가면서
  담배를 달라! 소리친다
  나는 혼비백산 담뱃곽을 꺼내 던지면서
  소리치고 싶다
  라면은 도대체 어디서 팔고 있는 거냐!

  5. 고향 소식
  밤늦게 불 켜진 미니 슈퍼가 보였다

유학 온 경상도 총각이 자동 계산기 뒤에 가스총을 숨
겨 두고 앉아
책을 읽고 있다
용케 가게를 털리지 않고 혼자 눈뜨고 앉아
내게 고향 소식을 묻는다
라면값을 받지 않고

나는 지금 다운 타운으로 내려간다

입술이 외로운 저 여배우를 위하여
극장 문은 열리고
오늘도 무대엔 환상적인 헬리콥터가 뜬다
상투적인 사랑에 싫증난 여자들이 극장에 온다
상투적인 출근 길에 지친 남자들이 극장에 온다
그러나, 시민들은 이미 상투적 현실에 길들여져 있기
때문에
요즘 극장은 상투적이다
낯선 풍경은 위험하다, 는 논리대로
90년대 봄날 하이 패션은 복고풍이다
입술이 유난히 붉은 여배우의 포스터가 도시의 벽마다
걸리고
나는 지금 다운 타운으로 내려간다
저기 서울이 보이고
썩기 싫은 것들이 추풍낙엽으로 떨어진다
그리운 정신들아
다운 타운 쓰레기통에서 만나자

임 영 조

염소를 찾아서 2 외

- ’45년 충남 보령 출생
- 서라벌예대 문예창작과 졸업
- ’70년 《월간문학》에 시 당선
- ’71년 《중앙일보》 신춘문예에 시 당선
- 현대문학상 수상
- 시집 《바람이 남긴 은어》·《그림자를 지우며》·《갈대는 배후가 없다》

염소를 찾아서 2

그만 탈출하고 싶다
검은 절망의 외투를 벗고
구닥다리 수염도 깎고
이 외진 마을을 떠나고 싶다

한평생을 옭아맨
밧줄을 풀고, 인연도 끊고
출가하듯 일상을 박차고 나가
고산 준령(高山峻嶺) 햇볕 바른 산림대
그 푸른 산록으로 내닫고 싶다

오늘도 어제처럼 끌려 나와
온 하루 들판에서 서성거리다
강물에 비춰 보는 슬픈 자화상(自畵像)
해지면 돌아와 건초나 씹는
따분하고 헛배부른 일과(日課)가 싫다

더러는 죽고, 더러는
헤어져 소식 없는 이웃들
이 적막한 유형(流刑)의 땅에

말뚝 박고 사는 것이 괴롭듯
일용할 양식을 뜯기 위해 날마다
목매고 사는 일은 거북하고 아프다

난세(亂世)를 치받기엔 미력한 뿔로
허공만 쿵쿵 들이받다가
눈망울에 그렁그렁 슬픔이 고여
까슬한 혀를 빼물고 우는
염소는 이제 텅 빈 시골이 싫다.

염소를 찾아서 3

고2 때 기말 시험 보던 날
납부금 안 냈다고 쫓겨난 나는
고향집에 내려가 식구들 몰래
새끼 밴 염소를 내다 팔았다

간재재 넘어 삼십여 리 길
팔려 가는 낌새를 알아차린 듯
거품 물고 버티며 울부짖던 염소를
판교장에 끌고 가 헐값 받고 팔았다

삼십 년 지난 오늘
이제야 비로소 깨닫느니
내가 염소를 내다 판 게 아니라
염소가 나를
대처에 내다 판 걸 알았다

이 고달픈 생(生)을
어디에 안녕히 부려 놓지 못하고
세월의 볼모처럼 덜미 잡힌 채
날마다 헐레벌떡 끌려 온 내가

굴레 쓴 노역의 염소임을 알았다.

아웃사이더 시대

드디어 공이 울렸다.

부디 명심해! 이 싸움만 이기면 너는 당장 천하의 영웅, 돈방석에 앉는다. 내 말 잘 들어! 그놈은 네 친구가 아니고 선의의 경쟁자도 아니야. 네가 살려면 기필코 쓰러뜨려야 할 아니 기필코 죽여야 할 적이야. 내 말 알겠어? 살다 보면 세상 도처엔 너를 노리는 적이 얼마나 많든? 그러니까 페어 플레이 좋아하지 마. 두 눈을 똑바로 뜨고 봐야 돼. 그놈은 리치가 길고 약삭빠른 사우스포야. 절대 틈 주면 안돼. 거세게 치고 들면 얼른 껴안고 스트레이트를 날리면 허리를 굽혀. 숙일 때는 늘 어퍼컷을 조심해. 절호의 찬스가 오면 허점을 찔러. 계속 안면을 노리는 척 복부를 찍고 유리턱을 깨. 한 대를 맞거든 두 대로 맞서. 최대의 공격이 최선의 방어야. 네가 살려면 계속 쳐! 조져! 죽여! 내 말 알겠어?

마지막 공이 울리고
오늘도 나는 그로기 상태
유혈이 낭자하고 귓속이 멍멍하다
나는 지금 아웃사이더 시대의
주연인가 관객인가 도무지

감을 잡지 못하고 귀가하는데
문득 뒤통수를 강타하는 코멘트
—네, 저 선수는 늘
너무 정직한 복싱만 하죠.

우면산(牛眠山)

서울에서 변두리로 내닫는
지하 터널 공사가 시작되면서
그는 요즘 와병중이다
겉보기엔 멀쩡한 것 같지만
골수까지 사무치는 통증과
불면의 울화로 얼이 빠진 상태다

날마다 안전모 쓰고
전신을 파고드는 세균(世菌)들
늑골 속에서 폭약이 터질 때마다
거구를 뒤틀며 혼절하는 산(山)
그는 이제 불치의 골다공증 환자다

시나브로 몰락하는 가화만사성(家和萬事成)
자식들도 하나 둘 둥지를 뜨고
다시는 찾기를 꺼려하는
치매성 노인처럼 속 편한 잠은커녕
시름시름 몸져누운 소가 되었다

가슴에 금가고 바람이 들어

남은 생(生)이 시리고 공허하지만
새벽잠 털며 문병을 오듯
물통 들고 찾아 주는 이웃들에게
산은
마지막 보시를 베풀어 준다
석별의 눈물 같은 생수(生水)를.

붉은 가위표

호적 등본을 떼어 보면
망자(亡者)의 이름 위에 그어진
붉은 가위표
할아버지 할머니 어머니
먼저 간 동생의 이름 위에도
붉은 가위표가 쳐졌다
(다시는 세상에 나타나지 말라고?)
일단 들어가면 나올 수 없는
영영 폐쇄된 문처럼
이승과 저승의 분계선처럼
붉은 가위표가 쳐졌다
(그래서 우리는 늘
사별한 가족의 뒷소식도 모르고
이름조차 가물가물 잊고 산 건 아닐까?)
죽은 자와 산 자가 함께 사는
호적 등본을 떼어 보면
한 장의 ○×식 답안지 같다
왠지 함부로 내보이기 거북한……

수화(手話)

손에 흙 한 번 묻힌 적 없고
기름 걸레 한 번 쥔 적 없는 손
한평생 바람만 몰고 살다
어느덧 백지처럼 얇아진 손이
임금 투쟁(賃金鬪爭) 농성장에 나타나
구호를 선창한다
각성하라! 각성하라!
임금을 인상하라!
주먹을 불끈 쥐고 푸른 하늘 찌르는
저 겁 없는 손을 보면
본문(本文)보다 오히려 난해한 각주(脚註)
날렵한 수사(修辭)로 헤엄 잘 치는
지느러미 현란한 물고기 같다.

세모(歲暮)에

하릴없이 저무는 세밑
징글벨 징글벨 눈이 내린다
저마다 수족(手足)이 짧아
갈 길이 바쁘고 먼 이 겨울
떠나는 자 더욱 쓸쓸하라고
하얀 코러스로 눈이 내린다
꾸불꾸불 지나온 길은 이미
낡은 은박지로 구겨져 있고
아직도 휴거를 기다리듯
하늘을 향해 서서 자는 나무들
추억의 창 밖엔 지금
종말처럼 뉘엿뉘엿 날이 저문다
우리 예서 그만 헤어지자
눈이 와서 눈이 부신 날
무엇을 더 사랑하고
무엇을 더 미워할 수 있으랴
흥허물로 얼룩진 입성을 벗고
땅에서 얻은 짐은
땅에 부리고, 안녕! 안녕!
막차 타듯 이별할 때다

물비늘 반짝이는 저녁 강물에
서러운 그림자를 멀리 띄워 보내고
총총히 혼자 돌아와
안경알을 다시 닦는 세모여.

장 석 주

검은 오버 외

- ’54년 충남 연무 출생
- ’75년 《월간문학》에 시 〈심야〉 당선
- ’79년 《조선일보》 신춘문예에
  시 당선, 《동아일보》 신춘문예에
  문학평론 부문 입선
- 시집 《햇빛 사냥》·《완전주의자의
  꿈》·《그리운 나라》·《어떤 길에
  관한 기억》·《붕붕거리는 추억의
  한때》

검은 오버

검은 오버를 입고 산책길에 나선다
골목길을 빠져 나오며
나는 검은 오버가 무겁다는 사실을 깨닫는다
검은 오버가 무거운 것은
물론 검은 오버의 죄(罪)는 아니다
검은 오버가 무거운 것은
검은 오버가 항상 너무 많은 말들을 하려고 하기 때문
이다
검은 오버가 무거운 것은
검은 오버 속에 수천 평의 추억들이 아우성치기 때문이다
검은 오버는 번개다
검은 오버는 빈 들판이다
검은 오버는 컹컹 짖는 밤의 개다
검은 오버는 내 속에 질척거리는 진눈깨비 내려치는 길
이다
검은 오버는 알 수 없는 목마름으로 괴로워하던 청춘의
한때
내 증오의 대상이던 아버지다
이제는 온갖 병치레를 다 하는 졸아든 아버지다
검은 오버에는 숨죽인 바람이 들어 있다

검은 오버에서는 건초 냄새가 난다
검은 오버에는 오래 전에 죽은 자들의 다문 입들이 숨
어 있다
아버지는 젊은 시절 검은 오버를 입었다, 늦은 밤에
귀가하는 아버지의 검은 오버의 어깨에는
별들이 함부로 묻어 있곤 했다, 아버지는
검은 오버를 사랑했다, 검은 오버를 입으며 내게 이르
기를
인생을 낭비하며 살지 말아라, 검은 오버의 교훈을 가
슴에 새기거라,
검은 오버는 네 인생에 유익하다, 고 했다
나는 검은 오버가 싫었다
검은 오버는 너무 무겁게 내 어깨를 짓누른다

나는 검은 오버를 입는다
검은 오버 양쪽에 한사코 매달려 있는 호주머니는
슬픔의 모태(母胎)다, 산책길 내내 내 손은
검은 오버 호주머니 속에 얌전히 들어가 있다

하늘의 회랑에 말없이 걸려 있는 검은 오버,

나는 구름으로 지어 만든
검은 오버를 입는다

낡은 책을 펴드니 그 책에 커다란 얼룩이 있었다

어린 시절의 방, 만삭의 임산부의 배처럼 축 늘어진 천장엔 쥐오줌 얼룩이 있었다

습기로 들떠 버린 벽지에 무늬진 빗물 얼룩은 장마 때

아름다운 뿔처럼 자란다, 마침내 더 이상 커질 수 없을 때까지 자란 얼룩은 뚫고 솟아오른다, 가난한 엄마를 뚫고 아빠를 뚫고, 변두리의 대책 없는 생활을 뚫고 솟아오른다

입던 옷에는 음식 국물 튀긴 얼룩이

여러 번 세탁했는데도 잘 지워지지 않는 얼룩이 있다

내가 읽는 책도 아랫도리가 송두리째 물에 젖었다가 마른 흔적이 커다란 얼룩으로 남아 있다

오호, 그리고 보니 내 몸에도 얼룩들이 있다

수술로 칼 댔다가 아문 흉터들, 그것들은 몸의 얼룩이 아니고 무엇인가

그 무수한 얼룩들 중에서 가장 오래 된 내 마음속의 지울 수 없는 얼룩 하나

엄마, 엄마, 벌리고 앉은 가랑이 사이 검은 성기(性器)가 만든

징그러운 얼룩이다, 얼룩은 공포였다

우리는 얼룩의 공포에서 태어난다, 화면에서 어이없이
죽는 배우처럼 작은 얼룩을 남기고 사라진다
　고작해야 남보다 약간 크거나 특이하게 생긴 얼룩을 남
길 뿐이다
　그러나, 그것도 금방 지워지고 말 하찮은 얼룩일 뿐이
다
　우리가 사는 것은 하찮은 얼룩의 한 생애일 뿐이다

크고 헐렁헐렁한 바지

어렸을 때 내 꿈은 단순했다, 다만
내 몸에 꼭 맞는 바지를 입고 싶었다
그러나, 이 꿈은 늘 배반당했다
난 아버지가 입던 큰 모직 바지를 물려받아 줄여 입거나
모처럼 시장에서 새로 사온 바지를 입을 때조차
내 몸에 맞는 바지를 입을 수가 없었다
한창 클 때는 몸집이 하루가 다르게 자라니 작은 옷은
곧 못 입게 되지, 하며
어머니는 늘 크고 헐렁헐렁한 바지를 사오셨다
크고 헐렁헐렁한 바지는 나를 짓누른다
크고 헐렁헐렁한 바지를 입으면
바지가 내 몸을 입고 있다는 착각에 빠지곤 했다
아직 다 자라지 못한 내 빈약한 몸은 큰 바지를 버거워
했다
크고 헐렁헐렁한 바지통 사이로
내 영혼과 인생은 빠져 나가 버리고, 난 염소처럼 어기
적거렸지
매음녀처럼 껌을 소리나게 씹는 크고 헐렁헐렁한 바지
나는 바지에 조롱당하고 바지에 끌려다녔다
이건 시대 착오적이에요, 라고

크고 헐렁헐렁한 바지를 향해 당당하게 항의하지 못했다
크고 헐렁헐렁한 바지, 오, 모멸스런 바지,
바지는 내 꿈을 부서뜨리고 악마처럼 웃는다
바지는 내게 인생을 이렇게 살아라, 저렇게 살아라, 라
고 군림한다
원치 않는 삶에 질질 끌려다니지 않으려면
진작 바지의 독재에 대항했어야 했다, 그 바지를
찢거나 과감하게 벗어 버림으로 내 항의를 보다 과격하
게 드러냈어야 했다
크고 헐렁헐렁한 바지, 오, 속절없는 바지
난 매일 죽지, 내 몸과 맞지 않는 바지통 속에서
내 다리는 불안하게 흔들리고
내 몸과 맞지 않는 바지는 언제까지나, 바지는 불사조
처럼 군림하며
검은 그림자를 늘어뜨리고 인생을 송두리째 뒤흔든다

슈퍼마켓

진눈깨비 치는 3월의 일요일 오후
슈퍼마켓엘 간다
냉장고가 비어 있을 때 우리는 턱없이 불안해진다
빈 냉장고에 채워 넣을 식품을 구매하기 위해
우리는 슈퍼마켓엘 간다
살아 남기 위해 먹어야 하고
먹기 위해 식품들을 구매해야 하는 것이다

슈퍼마켓에는 그 단순한 진리를 굳게 신봉하는 구매자
(購買者)들로 붐빈다
　그 한 사람 한 사람은 욕망의 용병(傭兵)들이다
　진열대의 칸칸마다 가득가득 쌓여 있는 상품들 앞에서
　서성거리는 그들은
　끔찍한 불행과 죽음의 편력으로부터 살아 돌아온 생존
자들이다

진열대에 쌓인 상품들을 향해 무모하게 몸을 기울이며
손을 뻗는 생존자들이여
돈만 있다면 슈퍼마켓에서 구매할 수 없는 것은 없다!
눈동자는 황홀하게 열려 있고

물건을 집는 손은 떨린다
그들은 슈퍼마켓에서 살 수 없는 것들의 목록에 대해
무관심하다,
구매의 자유여! 구매의 자유 속에 녹아 있는 시간이여!

우리의 자유란
기껏해야 포장육이나 소금에 절인 고등어 한 마리뿐,

진눈깨비 치는 일요일 오후
성스러운 물신의 신전(神殿)에 붐비는 상품 구매자들이여,
슈퍼마켓에서 진정으로 우리를 위해 살 수 있는 것은
없다
고작 혀와 위와 내장을 위한
하루치의 쾌락, 일주일분의 헛된 희망일 뿐이다

미궁

길 없네
갑자기 길들 사라졌네
얼굴 다친 나
가슴 없는 나
얼어붙은 구두를 신고
미궁에 빠졌네

길 없네
갑자기 길들 사라졌네
내 앞에 검은 노트
하얀 나무가 자라는 검은 노트
나, 읽을 수 없네
나, 아무래도 미궁에 빠졌네

잘못 배달된 화물(貨物)

처음엔 잘못 배달된 것이라고
생각했다, 그것은 봉인(封印)되어 있었다

내 몸 속에 펼쳐지지 않은 한 권의 책
내 몸 속에 알 낳는 비둘기 암컷 한 마리
내 몸 속에 종유석(鍾乳石)이 자라나는 동굴
내 몸 속에 날개 달린 뱀 쌍둥이
내 몸 속에 눈이 퇴화한 동굴박쥐떼

태어나자마자 늑대 새끼처럼 울음을 터뜨렸고
그 다음엔
거북이처럼 엉금엉금 기기 시작했고
앵무새처럼 사람의 말을 배워 의사 소통하는 법을 익혔고
몸 속에 온통 독한 회의와 의문들이 나쁜 암종(癌腫)처
럼 출렁거리는 청춘이 왔고
비에 젖어 헤매 다녔다, 나는

꽃피어나지 못한 채
이불 뒤집어쓰고 누워 속절없이 젖은 머리를 말린다
돌에 문자(文字)를 새겨 넣듯 고통으로 쓴다, 무거운 책을

내 인생의 낱장마다 인쇄된 질척거리는 추억들,
이것이, 고작 이것이 생(生)이란 말인가?
어느 겨울날 아침
내게 배달된 화물(貨物)은 크고 무거웠다

내 연약한 팔에는 너무나 힘겨운 화물을 옮겨 놓으며
불현듯 깨닫는다, 인생처럼
잘못 배달되는 화물은 의외로 많은 법이다

처음엔 잘못 배달된 것이라고 생각했다,
그것은 봉인되어 있었다

공룡과 흰 새

길게 보도 블록이 깔려 있는 길
바람이 한 떼의 먼지를 몰고
저만큼 뛰어가고 나는 발길을 멈춘다

백태가 낀 듯 흐려지는 눈동자에 떠오르는
해거름 속에 과일 등속을 진열해 놓고 파는 노점상들과
기우뚱 기울어지는 집들과
삐딱하게 서 있는 가로수 몇 그루
보랏빛 어둠과 주황색이 뭉개진 채 떠 있는 하늘

날은 급격히 어두워진다. 몇 천년 전에도
어둠을 말없이 바라본 공룡이 있었으리
몸집이 커다란 공룡의 허공에 매달린 눈동자 속에
깜깜한 호수처럼 가득하게 맺힌 어둠

나는 본다, 무수히 소멸되어 간 것들과
또다시 소멸되어 갈 것들 사이에서

공룡이 걸어가던 자리에
뒤꽁무니에 배기 가스를 달고 가는 버스, 공룡은 없다!

힘겹게 알을 낳은 거북이들은
세월처럼 느릿느릿 빈 몸으로 바다로 돌아가고
갓 깨어난 새끼 암몬조개들은
어두운 저녁 바다 물결에 쓸리고……

공룡들은 어디로 갔을까
멸종되어 버린 생물들에 대해 생각하는 저녁 산책
흰 새 한 마리가 몸을 스칠 듯 허공으로 날아오른다
흰 새는 깜깜해진 하늘을 유유히 떠간다
한참 눈여겨 바라보니
누군가 함부로 버린 폐비닐이다!

서울살이 스물아홉 해

늦은 밤 인사동 어귀에서 대치동, 대치동, 하고 돌아가
내 몸 눕힐 지명을 외치며
빈 택시를 부르다가 그만두어 버리고
명멸하는 밤의 불빛 속에 무연히 서 있다, 지금 나 약
간 취했지?
함께 술 마시고 과장된 목소리로 떠들던 친구들
어디론가 뿔뿔이 흩어지고 나 혼자 문득 생각해 보니
올해로 서울살이 스물아홉 해, 해논 일이 뭐 있나?
갑자기 한심스러워진다, 몇 자락의 유행가를 익혔을 뿐
이다
좋은 일 그다지 없었지만 나쁜 일도 별로 없었지?
사금파리처럼 반짝이던 어린 시절 꿈들만 간 곳 없다

산다는 것이 많은 먼지와 소음을 만드는 일이라고?
그럴지도 모르지, 얼마나 많은 먼지를 진공 청소기처럼
열심히 빨아들이며
숨을 쉬고 내뱉으며 살아왔던가
폐는 얼마나 많은 양의 먼지를 빨아들일 수 있는지를,
폐는 얼마만큼 상해 있는지를 난 알지 못하지

삼십 분 전쯤에 정사를 막 끝낸 젊은 여자들은
　뾰족한 유방을 내밀고 밤늦어 한적한 거리를 지나간다,
여관을 막 빠져 나와 부지런히 발걸음을 옮기는 저 성숙
한 여자들의
　자궁 속엔 아직 남자의 밤꽃 냄새 아득한 정액은 남아
있으리라
　달빛에 바래진 삶은 약간 서글픔을 머금을 뿐, 별로 나
쁜 일은 아니리라

　문득 이생에서의 삶을 놓아 버리고
　아득히 먼 길 떠나려는 자와
　낯선 세상에서 첫울음을 터뜨리는 아이들 사이에 난 서
있다
　자동차 경적이 울고, 오, 다만 조금 혼란스러울 뿐이야
　발정 난 고양이들은 폐가 뒤뜰에서 들고양이와 교미를
나누고
　달빛 젖은 폐가 지붕을 함부로 건너뛰며
　비 오는 날 감옥 담 밖에서 하염없이 울기도 한다

　부끄러운 손을 호주머니에 깊이 찔러 넣고 걸음을 떼어

놓으면

　약간의 취기로 붉어진 얼굴을 사포처럼 거칠게 문지르며 달려가는 바람,

　이 밤은 유난히도 어둡다, 하늘엔 별 하나 떠오르지 않았다

　담요처럼 두껍게 깔린 저 어두운 구름장 너머에 별밭이 있으리라

　내일의 바람은 내일 불 것이다, 이 밤은 아무리 어두워도 좋다!

　취해 약간 비틀거리는 걸음으로 서성거리는 이 순간

　한 생각이 나를 때리고 지나간다,

　나는 삶을 부양하고 삶을 키워 온 것이 아니라

　죽음을 부양하고 죽음을 달덩이처럼 키워 왔구나!

무죄(無罪)를 기다리며

1
무죄를 기다리며
나는 달린다
뱃거죽에 늘어붙은 군살이 빠져 나가는 환상이
고통을 참고 달리게 한다
몸을 둔중하게 만들던
잉여의 살이 빠지면
나는 좀더 가벼워질 것이다, 날아오를 만큼?

한 세월의 관(棺) 속에 누워 든는다
가까워졌다가 다시 멀어져 가는 발자국 소리를,
들판처럼 누워 있는 내 삶에 이끼들이 퍼렇게 돋는다
풀잎 끝에 노란 달들이 매달려 있고
지느러미를 날개처럼 퍼덕이는 물고기들이
무덤 위에서 잘 논다

텅 빈 관의 바닥에 엎드려
어제 책방에서 한아름 사온 책을 독서 공무원처럼 꾸역
꾸역 읽는다
희망 없이도 책은 잘 읽힌다

또 다른 관이었던 감옥에 있을 때 감옥 지붕 위로 날아
가는
비둘기 꿈을 자주 꾸었지

날아오르기에는 너무나 무거워져 버린 나,

마침내 뼈 속을 채운 피들을 쏟아 버리고
뼈들이 속 빈 갈대처럼 가벼워지면
공중으로 높이 솟구쳐 날아오를 수 있을까
황금 노을 가로질러 피안까지 날개 치며 갈 수 있을까

2
잠을 떨치고 새벽에 일어난다
달리는 고행에 몸 던지기 위해 밖으로 나서다가
풀섶에 떨어져 있는
한 마리 새의 주검을 본다

죽음의 권력이 한 마리 새로부터 나는 것을 빼앗아 냈
구나!
죽은 새는

다시 공중으로 날아오르지 못하겠구나!

3
관 속에 누워 있는 일은 너무나 편하구나,
하지만 일어나야지,
그만 껍질을 깨고 나가 봐야지……

상복을 입은 여자들이 창 밖으로 하염없이 지나간다,
공중에 떠 있던 새들이 추락한다,
오래 된 과수원에서 미처 따내리지 못한 과일들이 후두
둑 떨어져 내린다,

무죄를 기다리며
나는 잠을 잔다

나, 비둘기처럼 날지는 못해도
나, 비둘기처럼 알을 낳지는 못해도
나, 비둘기처럼 알을 품어 새끼를 부화시키지는 못해도

나, 살아 있어!

나, 살아 있다고!

빈 상자들

빈 상자들이 창고 안에 쌓여 있다
발톱도 없고 비늘도 없는
빈 상자들이 질서 정연하게 쌓여 있다
빈 상자들은 무엇인가를 그 안에
채우기 위해 빈 채로 쌓여 있다
빈 상자 안이 공허로 가득 채워져 있는 동안
빈 상자는 다만 빈 상자로 불릴 것이다
빈 상자 속에 용(龍)이 담겨질 때
빈 상자는 무엇으로 불리워야 하는가
빈 상자 속에 생(生)을 마감한 마르고 지친 한 육신이
눕혀질 때
빈 상자는 또 무엇으로 불리워야 하는가
빈 상자 속에 무엇인가 채워지고
빈 상자는 어딘가로 이동한다
그것이 빈 상자의 기능이고
그것이 빈 상자의 운명이다
검은 기차를 타고
혹은 컨테이너 선(船)에 실려 이동할 때
빈 상자는 더 이상 빈 상자가 아니다
빈 상자 속에 무엇인가를 채우고

어디엔가로 옮겨 가는 것은
빈 상자들이 결정하지 않는다
빈 상자들의 운명을 결정하는 보이지 않는 손!
자살해 버린 몇몇 빈 상자들을 빼놓고는
어떤 빈 상자도 자신의 운명을 스스로 결정하지 못했다
그렇다면 자신의 운명을 스스로 결정하지 않는 모든 것은
빈 상자라고 불리워도 좋은가

중심을 비워 둔 채
알 수 없는 자신의 미래를 조용히 기다리며
창고 안에 쌓여 있는 어린 짐승처럼 순한 저것들을
다만 빈 상자라고 불러도 좋은 것인가
나는 당신에게 말한다, 빈 상자들은 그 속이 비어 있을 때만
빈 상자일 수 있다고
모든 빈 상자들의 뒤에는 언제나
빈 상자들의 운명을 움켜쥔 피 묻은 손이 있다고

최 승 호

노래하는 화살촉 외

- '54년 춘천 출생
- 춘천교육대학 졸업
- '77년 《현대시학》을 통해 등단
- 오늘의 작가상, 김수영문학상,
  이산문학상 수상
- 시집 《대설주의보》·《고슴도치의
  마을》·《진흙소를 타고》·
  《세속도시의 즐거움》

노래하는 화살촉

고대(古代)의 소리들을 모은, 쇠에도 녹 푸른, 진흙의 주름살이 느껴지는 산성(山城) 박물관에서, 진흙 나팔과 구리 말방울과 요령의 혀를 관음(觀音)한다. 혀가 떨어지고, 말대가리가 떨어지고, 연꽃에 앉아 피리 불던 관음보살이 확대경에 들이댄 눈알 속에 부식되는데, 그 옆에 명촉(鳴鏃)이라고, 새대가리꼴의 화살촉이 놓여 있다. 누구의 심장을 향해 날아갔는지, 결국 뒤의 흙을 향해 날아갔는지 우는 화살촉, 그 아래 싱잉 어로우헤드(singing arrowhead)라고, 티끌 글씨로 씌어 있는, 씽씽 노래하는 화살촉, 또는 지저귀는 화살촉, 벌판에 우렁찬 진흙 나팔과 허공에 붐비는 말 울음 소리 속에서.

회저의 시간

    단숨에 죽는 자가 아니라, 고통을 겪을 만큼 겪으면서 느릿느릿 죽어 가는 자의 병이기에, 회저에는 긴 울부짖음이 있다. 그러나 그 울부짖음도 소용이 없는 텅 빈 무덤 속에서, 진물 흐르는 썩은 살을 긁어 내며, 흙더미 허물어지는 소리를 우리가 만약 듣게 된다면……그런 회저의 시간이 찾아온다, 자신의 인생에게 홀로 침묵으로 예배해야 하는 시간이, 어느 날 예기치 않게, 또는 꿈길로, 우리의 첫 번째 죽음을 예고하면서.

말머리 성운

하늘 저쪽에서도 재 냄새 나는
말머리 성운이
검은 말대가리 모양으로 나를 굽어보는 밤에
나는 재의 여물을 씹는다

나의 탯줄들이
재로 떨어져 나간 이후에
내가 핥은 재의 여물통에 불멸의 보석이 있었던가

재의 여물을 씹으며
늙어 버린 창문 밖으로 고개를 내밀면

허공에 떠 있는 지구 덩어리
그 위의 초라한 마구간 한 채

회저

온몸의 살이 썩고
온몸의 뼈가 허물어져서
재 밑의 재로 나는 돌아가리라

지금은 살이 썩고 곪아도
손으로 다 긁지 못하지만
터뜨리지 못하는 고름 주머니 육신의
심한 가려움증도 그 재의 밤엔 다 나아 있으리

온몸의 살이 썩고
온몸의 뼈가 다 허물어져서
재 밑의 재로 나는 돌아가리라

지금은 재 위에 주저앉아
추한 꼴로 썩어 가는 몸을 재로 씻으며
까마귀떼 울음 소리 듣고 있으나
재 휩쓸어 가는 바람의 밤엔 다 조용해지리

나 없는 그 밤에
울음도 타버린 마른 재를 맡기면서

침묵의 밤으로 나 돌아가리라
재의 입술이 떨어지는
흙의 밤 속으로

재 된 사람

어두운 밤길 걸어가는 나의 육신 앞에, 먼저 재 된 사람은 서 있다. 그는 나의 미래이자 거울이다. 나는 호주머니에서 재의 탯줄을 꺼내 그에게 준다. 그리고 그를 부둥켜안는다.

갈가마귀떼

 빈 들이다. 한 추수가 끝나고, 보리알들이 다시 빈 들
에 뿌려진다. 황혼이다. 곡괭이를 든 남자는 집으로 돌아
가고 있다. 여행이다. 나그네는 숨통 터지는 빈 들에서,
커다란 허물 덩어리인 자신을 들쑤시며 빠져 나가는, 바
람의 숨결을 느낀다. 빈 들의 바람 속에 그가 있고, 그의
안에 빈 들의 바람이 있다. 갈가마귀떼다. 그들은 거지떼
로서, 빈 들의 하늘을 새까맣게 덮으며 날아간다. 장관이
다. 나그네는 생각을 지우며 날아가는 갈가마귀떼를, 황
혼의 장관으로 오래도록 바라본다.

회전문 속에 떨어진 가방

 빙글빙글 도는 회전문 속에서, 가방을 놓치고, 회전문
밖으로 나와서 가방을 본다. 이것은 죽음의 한 경험인가.
옷 가방을 떨어뜨린 채, 회전문 밖으로 밀려나오는 알몸
이 죽음이라면, 옷 가방 끈을 어깨에 걸친 시절이 삶이었
다는 말인가. 회전문 밖에서, 회전문 안에 떨어진 가방
을, 남의 가방 보듯 들여다본다. 내용물은 별것도 아니지
만, 나 없으면 쓰레기에 불과하지만, 그것을 지금 잃는다
면, 슬픔도 꽤 따를 것이다. 장례식에는 산 자들의 슬픔
의 총체보다도, 죽은 자의 더 큰 슬픔이 있다.

물왕 저수지

오물들로 두꺼워진 내 마음 안 거대한 저수지를, 나는 발효시키려 한다.

나는 충분히 썩으면서 살아왔다. 내 거대한 저수지에 이십 년 동안, 묵은 관료들은 숙변을 들이부었고, 나는 낮은 자로서, 그것을 나의 것으로 받아들였다. 이 땅에서 냄새 나지 않는 자는 누구일까. 저수지에 몽둥이로 균열되고 구둣발로 반쪽이 난 얼굴이, 물풀에 감겨 둥둥 떠 있을 때에도, 나는 침묵했고, 그 슬픔을 나의 것으로 받아들였다. 나는 한때 이미 죽었거나 쓸개가 허물어진 자로서, 울부짖음 대신 거품을 내뿜었을 뿐이다. 문제는, 스스로 거대한 저수지에 뚜껑을 덮고, 오물을 거부할수록, 오물들이 더 불어났다는 사실이다. 뒤늦게 나는 그 뚜껑이, 성긴 그물이었음을 깨닫는다.

저수지 위의 흐린 하늘을, 흰 왕새 한 마리 날아다니지 않는다. 물왕 저수지라는 팻말이, 내 마음의 한 변두리에, 조용히 꽂혀 있다. 나는 물왕 저수지를 본 적이 없다. 그리로 통하는 팻말을, 먼지투성이 차창을 통해, 얼핏 보았을 뿐. 그 저수지에 물의 법이, 물왕의 도가, 순환하고 있기를 바란다. 그 물왕 저수지에, 왕골을 헤치며 다니는 물뱀이, 춤처럼 살아 있기를 바란다. 그리고 물과 진흙의 거대한 반죽에서 흰 갈대꽃이 피고, 잉어들이 쩝쩝거리고 물오리떼는 하늘로 날아올라, 발효하는 저수지의 숨결이 기운차게 살아 움직이고 있음을, 내 마음에 전해 주기 바란다.

시간 없는 서울

한 여자와, 그의 허상인 한 여자가, 긴 줄을 마주잡고 서, 한낮의 옥상에서 줄을 돌린다. 남자는 뛴다. 줄넘기를 하는 것이다.

내려다보면 발 밑은, 아찔한 서울. 폭격에 폐허가 된 집터에서, 밥짓는 연기가 모락모락 솟고 있다. 아이들은 시궁창에서 목을 놓아 길게도 운다. 왜 나를 낙태시켰냐고, 떼를 쓰는 것이다. 어떤 녀석은 머리도 없이, 누런 양변기에 들어앉아, 두루마리 휴지를 씹으며 운다. 또 어떤 녀석은 똥오줌투성이 탯줄을 질질질 끌고 돌아다니며, 젖을 달라고 운다. 가스로 탱탱하고 부푼 비행선이, 흰 고래마냥 조용히 떠다니는 서울 상공에서는, 물걸레를 든 남자들이 밧줄을 허리에 매고, 내려온다. 거대한 판유리들이 거품을 흘리고 있다. 빌딩 현관의 회전문들이, 펄럭펄럭 돌고 있다.

제 그림자와 함께, 뛰는 남자는, 줄넘기를 하면서 폭삭폭삭 늙는다. 이미 옥상에 깔려 있는, 늙어 죽은 세포를 쓸어모아도, 그 남자를 하나 다시 만들 수 있을 것이다. 한 여자와, 그의 허상인 한 여자가, 이번에는 줄을 팽팽하게 힘껏 당기더니, 목에 감아 건다. 빨래를 널으라는 것이다.

남자는 그 빨랫줄에 희디흰 빨래들을 넌다. 널고 내려다보면 여기는, 시간이 없는 서울, 혼자 줄넘기를 하는 독신녀들이, 마네킹 들어선 의상실을 향해, 충혈된 눈으로 달려가고 있다.

적멸보궁

바람이 잿더미를 쓸어 버린, 터만 남아 있는 적멸보궁을 지나서, 나는 찜찜해진다. 적멸보궁 터에 앉아 죽은 스님들을, 못 보고 지나온 것이 아닌가. 나는 머물지 않고 적멸의 터를 지나왔다. 해골을 밟아 부수는 일도 없이, 땅을 뚫고 솟아오르는 풀잎들을 보면서……무엇을, 놓친 것일까. 뒤돌아서서 다시 보아도, 걸터앉을 곳은 없다. 주워서 기념할 만한, 뼈 구슬도 없고, 재도 없다. 산 채로 매장당하는 스님들이 입을 다물고, 적멸보궁의 터에 한꺼번에 파묻히는 광경을, 그리고 돌연 솟구쳐 올라 몸을 훨훨 털면서, 제각기 제 길을 가는 광경을, 나는 꿈 속의 일처럼 그려 볼 뿐이다. 벌써 배 타러 가야 할 시간이다. 나는 적멸보궁의 터를 다시 한 번 가로지른다. 밤이면 예나 지금이나, 달빛은 적멸보궁 뒤뜰에 내리고, 앞뜰에도 내리다가, 적멸보궁의 터에도 내릴 것이다. 다음에 다시 와보면 이 터가 메밀밭일까, 배터일까, 바다일까.

추천 우수작

하 종 오

가을날 외

- '54년 의성 출생
- '75년 《현대문학》을 통해 등단
- '83년 신동엽 창작기금 수혜
- 시집 《벼는 벼끼리 피는 피끼리》·
  《사월에서 오월로》·《넋이야
  넋이로다》·《깨끗한 그리움》

가을날

님 그리웠던 삼백예순 날, 님 잊었던 삼백예순 날, 땅에는 곤충들이 알에서 깨어나는 기쁨이 있었고, 저에게는 세상에 대한 푸념이 없었습니다. 천박한 시절에 님께서 흙바람을 일으켜 꽃잎 흩날리며 꽃잎 흩날리며 가실 적, 저는 한 잎 줍고 한 잎 줍고 제자리에 있었습니다. 님의 침묵이 지나니 저의 침묵도 지나서, 푸르던 청춘의 옷은 낡고 닳았습니다. 님께서 다시 오시는 날이면 사람들은 길가에 나앉아서 조용히 눈물을 글썽이고 울음 울며 사는 뭇 짐승들은 숲 속에서 오래 울 것입니다. 그때 누가 님이시고 님이 누구시든 모두들 자기의 얼굴을 무한히 보려고 할 것입니다. 아직 천박한 시절은 끝나지 않았지만, 님께서 햇볕을 이끌고 꽃씨 주우며 꽃씨 주우며 오신다면, 저는 한 봉지 채우고 한 봉지 채우고 가만히 있겠습니다. 님의 때가 오면 저의 때도 와서, 온몸에 뜨거운 피가 돌겠지요. 님 그리웠던 삼백예순 날, 님 잊었던 삼백예순 날, 땅에는 곤충들이 알을 스는 희망이 있었고, 저에게는 세상에 대한 원한이 없었습니다.

상처

처음에 님께서 제게 육신을 내놓으시자
밤은 어두웠고 저의 육신은 즐거웠습니다.
다음에 님께서 제게서 육신을 거둬들이시자
밤은 밝았고 저의 육신은 괴로웠습니다.
아, 낮에 보니 님의 영혼은 깨끗한데
제 영혼은 병들어 있습니다.

비 오기 전

곤충들이 높게 날지 않으니, 잡아먹으려는 제비들도 자연히 낮게 날고 있습니다. 대기가 축축하여 비상하는 무리들의 날개는 무겁고, 하늘로 올라갈 수 없는 저는 밭길에서 산바라기하고 섰습니다. 어떤 탄생도 어떤 적멸도 없는 곳에서 더러운 옷을 입은 채 개처럼 오래 살았습니다. 저에게서 님까지는 허공 몇 리 흙길 몇 리입니까. 물기 머금은 목초를 뜯어먹는 산자락의 젖소들은 이내 젖통이 붙어서 축사로 돌아가고, 주인은 기뻐서 밤새우며 젖을 짤 것입니다. 제가 탄식할 때가 왔습니다. 밭둑에는 들쥐가 쥐구멍을 찾아 달려가고, 비탈에 서 있는 소나무가 솔잎을 부시시 떨어뜨립니다. 여름 비는 더워야 오고 가을 비는 추워야 온다지요? 산등성 너머에는 먹구름 새로 붉은 놀빛이 비쳐 내리고 들판에서는 눅눅한 바람이 불어와 저의 심장을 식힙니다. 계시는 곳에는 무슨 열락이 있으며 무슨 고통이 있어 님께서는 기척도 아니하십니까? 먼산을 등지고 돌아서서 밭두렁에 들어가 푸성귀를 뜯어 드니, 벌레가 먹다 남긴 잎맥에서 실뿌리의 통곡이 들립니다. 아아, 저는 너무나 개처럼 길들여져 살았습니다. 마을에서는 망자의 옷을 태우는 눅눅한 연기가 지붕 아래로 깔리고, 앵두나무에 숨어 놀던 참새들이 처마로 날아와 앉고 있습니다.

안계들판 황새

이리 오면 안곗벌 오 리, 저리 오면 안곗벌 시오 리, 황
새 몇 마리 날아와 한 발로 서서 잠드는 날이면 산등성이
서부터 하늘이 맑아진데이. 그걸 못 참아 강이 물 깊이
파래지면 볏잎도 우쭐우쭐 초록빛을 쏟아 내고, 사람들은
들판에 나가다 아늑해져서 바라만 본데이. 눈부신 햇살
속에 한 마리 황새가 먼저 잠깨 퍼드덕 솟아 새끼 우는
둥지로 날아가도, 다른 황새들이 여전히 한 다리로 서서
날갯죽지에 부리를 틀어박고 고요히 있으면, 사람들은 환
한 거기서 태어나기 전의 제 혼령을 보거나 죽고 난 뒤의
제 혼령을 보며 두 눈만 껌벅껌벅한데이. 이리 가도 안곗
벌 오 리, 저리 가도 안곗벌 시오 리, 먼 곳에서도 남의
심정 헤아리게 된다 아이가.

---

* 안계들판은 필자의 출생지로, 경북 의성군 안계면에 있음.

안계들판에서의 서풍 한나절

어릴 때 놀던 이 들에 나이 사십 되어 오니 여기저기
앉아 있는 까마귀들은 나를 몰라보고, 그사이 어미와 새
끼가 몇 번이나 죽고 태어났는지 까악까악 까아악 헤아릴
길 없는 울음에 내 육신은 눈물을 흘린데이. 겨울 바람
아, 다른 땅에서 영혼을 더럽힌 자식은 여기 머물지 말라
는 거가? 고향 까마귀 우짖을 때, 이 들을 가로질러 신작
로 흙먼지 덮여 떠나려니 참 파이다. 겨울 바람아, 훗날
늙어서 이 들에 다시 와도 까마귀들은 역시 나를 몰라볼
거고, 그사이 또 어미와 새끼는 몇 번이나 죽고 태어났을
지 까악까악 까아악 헤아릴 길 없는 울음에 거듭 내 육신
은 눈물을 흘릴 거데이. 그리 알고서 불고나 있거레이.

안계들판 덕담

평생에 고향 한번 떠나지 못한 사람은
논 한 배미로도 가슴을 덮고 살고예,
평생에 고향 한번 떠났다 온 사람은
논 두세 배미라야 가슴을 덮고 살지예.
알곡 다 걷힌 빈 들에 나와서
제 가슴패기 쥐고 우는 고요한 사람이라면
여기에서는 논배미 없어도 살끼라예.

뱀처럼

　제가 바깥에 나가도 들꽃이 저를 향하지 않았고, 노린재 한 마리는 풀잎에 앉아 수액을 빨다 제 발에 으스러졌습니다. 님께서 계셨더라면 일어나지 않았을 문제가 제게는 늘 생겼습니다. 이렇게 자연히 외면당하고 무심히 살상하는 저의 생을 버리지 못하는 건 제가 무지한 인간인 탓이었습니다. 개구리를 잡아먹는 뱀처럼 대가리를 쳐들고 살아왔고 개구리를 잡아먹은 뱀처럼 몸뚱이로 기면서 살아가게 되더라도 님께서 계셨더라면 괴로워했을 겁니다만, 저의 타고난 미련함은 언제나 사지오체를 도사렸습니다. 제게는 맑은 눈물이 없었고 제게는 깨끗한 울음이 없었고, 다만 몽매가 있었습니다. 세상 바깥을 나돌며 저는 허물을 벗으려고 했고, 풀여치 뒷다리를 분질러서 풀섶에 던졌습니다. 님께서 아니 계셨던 음지에서 저는 죽어 가는 것들을 몰라하였습니다.

심경(心境)

떠나고 싶습니다. 문이 닫힌 집에서 답답하게 지냈고, 저녁이면 과식하여 식곤증으로 잠을 잤습니다. 창 밖에서 들여다보시려는 님도 없이 집에서 사철 옷을 입고 기다리기란 고통스러웠습니다. 제가 가고 싶은 곳이란 무슨 일이든 하다가 고개를 들면 해가 나무 잎새에 가리워져서 쉴 수 있는 마을 어귀이고, 서풍이 진초록 산을 넘어와 수숫대를 흔드는 밭 한 귀퉁이입니다. 허물어지는 돈사 위에 호박이 넝쿨을 뻗으며, 잎사귀 아래 가만히 애호박을 숨겨 키우는 그곳에는 님께서 아니 오셔도 제 몸이 곡식 되고 곡식이 제 몸이 되는 생이 있을 것입니다. 어느 날 밤에 문득 잠깨어 창을 바라봤을 때 흐린 보안등 불빛이 비쳐 들고 있어서, 저는 가슴이 두근두근 불안하였습니다. 그래서 창문을 열어 놓고 공기를 들이마시며 진정시키려다가 불현듯 떠나고 싶어졌습니다. 제가 떠난 뒤에 님께서 찾아오셔도 문은 굳게 닫혀 집에는 들어오실 수 없습니다. 님을 기다리려고 하면 제 숨통과 배때기가 막히고, 양식이 다 떨어진 상태로 기다리기란 비참합니다.

열애

님의 육신의 더러운 피에 사로잡혀서
맨발등에 입술 대고
제가 심장을 두근대던 밤이 있었습니다만,
님의 육신의 헌 살에 빠져서
민낯에 눈물 부비며
제가 숨을 헐떡이던 밤이 있었습니다만,
그 밤은 실핏줄이 터져서 별을 붉게 물들였고
그 밤은 숨구멍이 트여서 풀벌레를 날게 하였습니다.
그리하여 님의 육신 어디에서도
저의 늙은 육신이 영원하였습니다.

초봄

　이래라 하신다 해서 꼭 그러는 것은 아닙니다. 님께서는 둔덕에 돋은 들쑥 캐시고 저는 바구니 들고 서 있습니다. 초봄 되니 일찍 새잎 낸 들쑥이 님을 이끌고, 저는 님께 이끌리어 고즈넉합니다. 가까이 님을 계시게 한 지난 겨울, 저는 하늘에 떠오르지 않는 그믐달을 그리워했고, 님께서는 저를 멀리 보시며 갈무리해 논 오곡 중에서 명년에 쓸 종자를 잠자코 가려 두셨습니다만, 그때 숨결과 온기를 다 땅에 내려 줘버린 만물이 지금 님과 저를 주시합니다. 아직 파종하기 이른 오늘 한나절은 님께서 한 움큼씩 건네주시는 들쑥을 받아 저는 바구니에 담습니다. 일에서도 언제나 님께서는 스스로 먼저 행하시고 저는 들러리입니다. 늦봄 되어 산줄기가 님을 이끌면 저는 님께 이끌리어 한적해지고, 들판이 님을 이끌면 저는 님께 이끌리어 부지런해질 것입니다. 그땐 무얼 택하시렵니까? 대답 아니하시면 제가 님을 이끌어 가렵니다. 들음들음이 없더라도 어디로 가느냐 묻지 말아 주십시오.

이 성 복

중년 1 외

- '52년 경북 상주 출생
- 서울대 불문과 및 동 대학원 졸업
- '77년 《문학과 지성》에
  시 〈정든 유곽에서〉로 등단
- 소월시문학상, 김수영문학상 수상
- 시집 《뒹구는 돌은 언제 잠깨는가》·
  《남해금산》

중년 1

내 겨드랑이로 노래부르던 시절, 대낮에 별들과 취하고 돌아와 개들과 자던 잠, 나뭇잎 들칠 때마다 여자들은 고운 목선을 보여 주었지 그 여자들 지금은 돌 속에서 화장하고 있을까

지금 마흔 넘어 공부 안하고 시 안 쓰고 얼굴 늙고 손도 늙고 거울 속 나를 알아보지 못하네 내 알던 사람들 상처 많이 받아 가고 그래도 난봉질은 끊고 싶지 않아 오래 즐거워라, 중년!

점심 배불리 먹고 혼자 산보하는 시간, 가는 빗방울 우산 때리는 소리 늙어 쪼그라든 심장을 바늘뜸 한다

들풀

어둠과 함께 바람이 일었다
바람에 다시 묵은 쑥대가 무너지는 밤이다
어린 쥐들은 죽어 새벽 거리에 버려지고
저 들
저 불빛도 없는 들창 밖으로
너의 통곡 소리가 들린다

울지 마라
내가 바람에 일어나 너에게로 간다
울지 마라
내가 별빛 어린 싸리꽃 같은 얼굴을 하고
너에게로 간다

밤이 오고 바람에 다시
묵은 쑥대가 무너질 때까지
비가 개이고 하늘이 맑아
별들이 총총히 우리를 내려다볼 때까지
울지 마라
나는 저 하늘과 바람을 이기고 일어나
너에게로 간다

겨울 비가 1

붉은 해가 산꼭대기에 찔려 피 흘려 하늘 적시고
톱날 같은 암석 능선에 뱃바닥을 그으며 꿰맬 생각도
않고
—여기가 어디냐고
—맨날 맨날 와서 피 흘려도 좋으냐고

겨울 비가 2

옥산서원 앞 냇물에 던져진 햇빛 한 덩어리
살얼음 끼어 흐르는 물에 진저리치는 핏덩이
저 안이 저렇게 어두워 바라보는 저희의
육체가 진저리치는 하오, 기슭엔 천렵 나온
사내들이 개 잡아 구워 먹으며 농지거리하는,
농지거리하며 저희와 함께 온 여자들을 희롱하는
겨울 하오, 오, 육체가 없다면 춥지 않을 것을!

겨울 비가 3

검은 바위들을 끼고 흐르는 물 위로 먹칠한
나무 그림자 여럿 겹쳐져 차갑고 거기,
나뭇가지 사이로 기웃거리던 해가 진저리치며
붉은 핏덩이로 퍼지기도 한다 거기, 차갑고
맑은 물에 눈어두운 쏘가리나 메기가 살아서
천렵 나온 사내들이 통발을 들이댄다 거기,
눈어두워 비늘이나 지느러미로만 느끼는
물고기들, 그들만이 아는 물 속의 지도,
귀를 도려내는 추위에도 훌훌 웃통을 벗고
풍덩 찬물 속에 뛰어들어야 보이는 지도,
통발을 아랑곳않고 물살을 가르는
물고기 근육에 힘이 붙는다

김 명 인

그대의 말뚝 외

- '46년 경북 울진 출생
- 고려대 국문과 및 동 대학원 졸업
- '73년 《중앙일보》 신춘문예에
  시 〈출항제〉 당선
- 소월시문학상, 김달진문학상 수상
- 시집 《동두천》·《머나먼 곳 스와니》·
  《물 속의 빈집》·《물 건너는 사람》

그대의 말뚝

그대가 병(病)을 이기지 못하였다, 병한테 손들어 버린
그대를 문상(問喪)하고 돌아오는 십일월 길은
보도마다 빈손으로 허공을 어루만지며 낙엽이
한꺼번에 져내렸다
나는, 문상에서 이미 젖어 저 길 어디에
오래도록 축축할 그대의 집을 바라보았다, 거리
모퉁이에는 낙엽을 태우는 청소부들 몇 명
지상의 불씨를 그대가 불어서
결코 다시 키울 수 없는 저 모반의 모닥불 가까이
그대의 경작이 없다, 그러니 경자유전(耕者有田)의 밭들은
이제 밤 되면 하늘 속으로 옮겨지고 잡초처럼
별들 돋아나서 반짝일 것이다
우리가 세상에 말 매어 둘 일 많아 그 일 중 하날
그대와 내가 지킨다고 하였으나
인적 그친 아파트의 공터를 가로지를 때 나는
내 말뚝에도 이미 매어 둘 말이 없음을, 너무 허전하여
마음속으로만 울리는 말방울 소릴 듣고
가슴의 빈 구유에서 오랫동안 낡아 갈
남은 시절을 생각했다
세상은 이렇게 시들고 마파람 속 홀로 달린다는 것은

갈 곳 아득하여 슬픔의 갈기가 바람을 다해
날린다는 것이냐, 나 혼자는
다 갈 것 같지가 않아 고개 들기가 너무 무거운 날
다시 하늘을 보면 하늘 가득히
빗방울 듣다 말고 듣다 말고 눈발 희끗거리는
그런 날이었다

그해 광산

길 밖에 벗어난 떠돌이들 몇 명
그해 광산의 인부로 취업이 되어
중석광을 캤다, 갱도를 열자 쏟아져 내린 원석들이
한창 순도를 뽐냈을 땐 광산 아래 마을
입구까지 폐석이 쌓이고 주점들이 들어찼던 것을

그해 광산이 예기치 않게 막장에 닿아 버리자
한순간에 식어 버린
갱도가 닫히고 사람들은 뿔뿔이 떠나갔지
어디든 잡초로 뒤덮인
사람 살던 자취를 더듬어 나는 저 폐광 입구까지
가본다, 녹슨 선광의 기물들 언저리엔
버려진 무개차(無蓋車)들, 삐걱거리는 선로를 따라가면
그해 저 막장에 갇혀 버린 광산의 덕대가
누구인 줄 알게 될까

홀로 광상(鑛床)을 짚을 때 섬찟하게 눈뜨는 세월이여
한때 물 좋아 논다니들 씻던 거랑, 어느새
말라 비틀어진 늙은 메기가 되어
물풀 사이로 허덕이며 찌그러진 제 추억을 아쉬워할 테

지만
　다만 그 외로움 참으려고 어둑한 굴 속 들여다보듯
　골방에서 화투패나 잡고 있었던 것은 아니리라

　누구든 헛디디면 막장까지 떠밀려가는 몸들이
　새벽녘 술 냄새를 털어 낼 때
　저의 몸 군데군데 패인 웅덩이 같은 폐허들, 떠돌이들
　목이 잠기는 숨긴 쉰 노래여
　저들은 저렇게 길 갔다는 것일까
　굴 속 캄캄한 막장까지는 내 알 길 없고
　폐광의 어두컴컴한 광구가 있어 나는
　오랫동안 그 속을 들여다본다

천로(天路) 가며

분지에 도달한 일행이 고산
추위에 진저리치자
마른 삭정이를 주워 불부터 지피면서
왜 이리 늦었느냐고 예기치 않았던 머뭇거림으로 일정
조차
지키지 못한 길의 자책이 남아서
호숫가 불빛은 수풀 사이로 마음 그림자 일렁이지만
그러고 보니 어느새 물빛
어둑해졌네, 아직 저녁밥도 짓지 못했는데

우리는 늘 이렇게 늦어서야 서둘지 않았던 도정을 후회
한다
풍경을 마주하면 풍경의 물기에 젖어
문득 둘러보면 축축한 세상이며 저만큼 흐려진
까마득한 여정이여
초롱별 등에 지고 반달 저 홀로
아득한 하늘 길 가고 있다
구릉을 건너도 다시 강이고 산맥이고 보면
발병 나려고 두근거리는 내 삶의 분별과 마음의 무분별을

하지만 우리는 아직도 마저 가야 할 남은 길
지켜야 할 약속이 있어
오늘 밤 이 진흙 골짜기에서도 어딘가 지척대면서
잠시 쉬어야 한다
쉬어야 한다, 봉분처럼 닫아 건 천막 속
불빛은 잠 못 이루는 너의 그림자를
저렇게 일렁이게도 하고 추억처럼 지워 버리지만

먼 길은 그 길의 쓸쓸함 때문에 나그네 고단한 행려를
뼈저리게 하는 것은 아니리라
아침이 되면 이곳도 미처 못 본 저 가지 사이
간밤에 함께 떨며 지새운 새들을 날리겠지만
풍경의 경이로움과 스쳐 지나는 발길의 사사로움은
저기 저 산정 환한 햇빛 이고 선 신성한 높이 그 우뚝
함으로
언제나 홀로인 여정이
다시 여기서부터 출발하게 됨을 가르치는 것인지

푸른 강아지와 놀다

제 촉수를 온통 유리 거울로 삼아 거리
이쪽을 되비추는
저 반사의 황홀이 푸른 강아지를 잡아 가두는 걸
어째서 잊었을까
거리 끝에는 구름 사이로 드리운 거울이 있어
가없는 깊이 속으로 작은 강아지를 풀어놓는다
항심(恒心)이 거기 없다고, 소음이 되어 떠돌던
항적(航跡)조차 까마득한 발치로 가라앉으면
사방을 짜고 있던 길들도 거미줄처럼
잦아들겠지, 드넓은 구름밭 틈새로
언뜻언뜻 발자국 찍으면서
꿈들은 강아지가 되어 햇빛과 더불어 뛰놀기도 하면서
저 세월 없이 부서지는 분수의
까마득한 꼭대기를 떠받들린다
지상에서 올라온 말들이여, 잿빛 갈기를 세워 때로는
말굽 소리 서늘하게 내닫기도 하지만
잠깐의 비구름 아래로 갈 뿐, 거울
끝으로부터 어느새 푸르게
발톱을 물들이며 뛰노는 시간들
달음질치는 강아지만 황홀하게 물어 나르지

거울에 되비치면 모든 것은 환상일까, 그러나 거울 저
쪽은
아직 디뎌지지 않은 영원의 계단들
생각은 빈틈없이 여며져 있는 허공의
손잡이를 당겨 보면서
못다 오른 층계가 거기 있다는 듯이
환한 햇살 속으로 천천히 이끌려 올라가겠지

무도(舞蹈)

제 발의 뜨거운 도취가
한때 광휘로 이끌어 철없는 춤의 시절로
달려갔던 사람들은 안다
풀로 돋고 물로 흐르고 꽃다이 지거나 단풍으로
불붙으면서
강이며 구릉을 건너 아득한 곳에까지
세월을 다해 물들이었건만
그대 참으로 높은 경계의 벽 너머
하란에 있었다는 사실을, 함박눈 속으로
걸어가노라면 저 눈송이들로 가로막는
무도의 슬픈 번다함이
식어 버린 정수리와 발바닥을 적신다, 가까이
안개산을 둘러 그 감옥으로 숨은 광기를 가두었으나
거둬들이고 잠재웠던 모든 공기가
불현듯 그리움 되어 하란을 숨차게 살아나게 하는가
저마다 병들 수 있으므로 저녁 어스름
속으로 떠다니는 몽유(夢遊)
마침내 몸을 잃고
한없이 지워지면서도 나는 다시 뚫고 나아가려고
티끌로 몰려가는 아득한 저켠

부우연 세상 바라보느니, 이미 구멍은
너무 작아져
들보를 질러 놓아 그 너머의 풍광 속으로는 한 발자국도
옮겨 놓을 수 없거니

제8회
소월시문학상 수상작품집

■

심사평

■

수상소감

■

작가론

시의 언어 표상과 실재의 진실성

구 상

「시는 두 가지로 나눌 수 있다. 무정란(無精卵)의 시와 수정란(受精卵)의 시로ㅡ. 말재주나 글솜씨만으로 씌어진 무정란의 시는 겉보기에 아무리 문자 그대로 근사(近似)해 보여도 독자에게 진정한 감동을 부화시키지 못하지만, 그 언어 표상에 등가량의 진실이 실재하는 수정란의 시는 그 솜씨의 우열은 차치하고라도 나름대로 독자에게 감동을 부화시킨다.」

이것은 내 시의 단상 노트의 한 구절이다. 내가 이런 말을 꺼내는 이유는, 이번 소월시문학상 본심에 넘어온 작품 대부분이 이런 무정란과 같은 언어의 수식과 분장, 기경(奇警)과 요설(饒舌), 감각 위주의 사물 인식에 차 있어, 심사위원의 합석 심사에 나가기 전까지는 이것이 나의 늙음에서 오는 착각이 아닌가 하는 의구심마저 자아냈기 때문이다.

그러다가 막상 심사 석상에 나가니, 다른 심사위원들도 나와 같은 소감을 표명하며 작금 우리 시단의 표현주의의 빗나간 풍조를 우려하고들 있었다.

한마디로 말해, 시의 언어 표상이란 그 실재의 진실성 여부가 좌우한다. 이것은 일상적 대화에 있어서도 매한가지로, 아무리 말을 번드레하고 교묘하게 하더라도 그 말에 수반하는 진실이 없으면 그 말은 빈말일 뿐이다. 그리고 그 언어의 실재 깊이와 넓이와 높이는 사물에 대한 치열한 인식의 추구와 경험의 부피가 이를 결정한다.

각설하고, 이러한 전체적인 미흡 속에서 최종심으로 골라낸 것이 강은교와 황지우 두 시인의 작품이었다. 나 역시 지목한 시인들이다.

그런데 강은교 시인의 근작들은 그녀의 지난날의 시보다 서정의 영롱성이나 그 짜임새가 감퇴되었다는 게 공통된 의견으로서, 결국 황지우 시인이 선정되었다.

테크니션으로 정평이 나 있는 시인에게 걸맞는 영예라 하겠다.

오직 그의 그 솜씨가 이제 더욱 존재론적인 인식의 깊이와 넓이와 높이를 획득해 줄 것을 요망하며 기대한다.

정치 참여와 포스트모더니즘 미학의 조화

이 어 령

황지우의 시에는 특별한 개성이 있었다. 개성이나 실험의식이 항상 바람직한 것은 아니라 하더라도, 보편성과 조화를 이루고 동시에 가치 창조에 기여한다면 그것이 모든 예술 행위의 중요한 본질을 이루는 요소가 된다는 것은 두말할 필요가 없다. 특히 한 시대의 문학이 상투성이나 공식성에 빠질 때에는 더욱 그러하다.

황지우는 바로 그러한 의미에서 우리 시단의 주목을 받을 수 있는 시인이라고 생각한다.

그것은 그의 시가 상투화된 서정시의 오랜 경직성에 대하여 가히 혁명적인 도전을 감행했다는 점에서도 그렇고, 또 지난 두 세대 동안 전형적인 틀의 답습에서 벗어나지 못한 소위 민중시에 신선한 반란을 일으켰다는 점에서도 그렇고, 또 과거 30년대적 모더니즘의 모방에서 벗어나지 못한 감상적인 도시시에 일격을 가했다는 점에서도 그렇다.

확실히 그가 기성 시단에 던진 돌멩이는 미학적 상아탑의 유리창을 깨부수기에 충분한 것이었다. 황지우 시의 문학적 평가를 논하기 전에, 우선 그의 이와 같은 행위는 우리 시단의 주목을 받아 마땅하고, 또 우리 시의 발전을 위해서 값진 것이라고 생각한다. 황지우를 추천한 이유가 여기에 있다.

　황지우의 이러한 실험적 측면에는 두 가지 요소가 결합되어 있다. 하나는 민중시의 정치 참여적 요소고, 또 하나는 포스트모더니즘의 미학적 요소다.

　우리가 바라는 바는 이 두 요소가 조화 있게 문학적 차원으로 승화되는 것이다. 그러나 이에 못지않게 우리가 경계해야 할 것은 이로부터 파생될 수 있는 부정적인 결과들이다. 그것은 과거 전통적 서정시들이 상투화되면서 유행가화된 것처럼, 포스트모던한 시들이 시류에 영합하면 쉽게 팝송시로 전락할 수 있기 때문이다.

　사실 최근 우리 젊은 시인들의 소위 포스트모던한 시들이, 랩 음악의 가사 수준에 머물고 있다는 것은 우려할 일이다. 요설, 의미 사슬의 와해, 자폐적 언어의 배설, 말의 유희 등은 하나의 유행처럼 새로운 세대에 번지고 있다. 이번 심사 대상에 오른 상당수의 작품들도 이러한 징후를 내비치고 있다는 것이, 심사위원들이 우려한 공통의 견해다.

　황지우 역시 앞으로의 시작(詩作)에서 이 점을 참작해 주기 바란다.

이윤택의 시는 모던하면서도 그 나름의 완결성과 서정성을 잘 지키고 있다는 점에서 호감을 주었다. 대상에 대한 기발한 착상과 표현의 재치도 남달랐다. 그러나 시 세계의 폭이 좁았다. 소시민성으로부터의 탈출을 기대해 본다.

김혜순의 시는 전에 비해 요설이 많이 가시고 상상력의 깊이가 보였다. 시적 긴장이나 미학적 완결성에 보다 관심을 가져야 하리라 생각한다.

임영조는 후보들 중 누구보다도 잘 조탁된 작품을 쓴 시인이다. 별로 나무랄 데가 없다. 나무랄 데 없는 완결성이 오히려 흠이 될는지도 모르겠다.

혼돈과 변혁의 시대에 다시 묻는 시의 진실

김 남 조

시인은 시를 쓰는 사람이다. 다른 말로 말해, 시를 쓰긴 해도 시인은 '사람'이다. 그는 자기가 사람인 점에 대해 끊임없이 추적하고 분석하는 일면을 지니고 있다. 그리고 이 점이 지나치게 부풀어 절제의 한도를 넘는 경우까지 있다.

애당초 어느 정도가 적당치라는 기준도 없거니와 있다손 시인들은 그것에 묶이기를 거부할 것이다. 시인은 순치(馴致)될 수 없으며, '길들여짐'이야말로 시인의 기피거리일 것 같다.

자아의 부담을 고뇌로워하면서도 자아의 집착이 승하고, 이 점이 열정적이기를 벗어나 열광(?) 상태에 빠지는 경우가 흔히 있는 게 아닌가 싶다.

올해의 소월시문학상 후보작들을 읽으면서, 시와 시인의 현주소에 관하여 새삼 강도 있는 질문이 솟구쳐 오름을 경험했다. 이지적이고 적나라하고 냉소적이면서 황량하고, 등등이 낯설지는 않았으나, 그리고 그들은 오늘의 시의 선수군(群)일 것이 분명하나 묘하게 가슴이 시려 드는 느낌을 받았다.

거기에 대해 질문하며 그 답변을 경청하고 싶다는 심정의 토로가 위의 일련의 말들이 된다.

오늘의 우리 삶 자체가 급류를 타고 흐르는 형국이기에, 시나 시론도 급속하며 현저한 변혁을 초래할 여건이 되고 말리라는 것을 충분히 감안하고서도, 어떤 불변성, 말하자면 유구한 본질은 필히 있을 것이며 이것이 어떻게 방어되거나 공격되는가에 대하여 알고 싶고, 다른 시인들의 시적 진실 내지는 불가피성을 엿보고 싶다는 요지다.

이쯤으로 접어 두기로 하고, 올해의 소월시문학상 수상 후보로서 예심을 거쳐온 분 중에서 황지우 씨가 수위(首位)를 차지한다는 의견의 일치를 보게 되었다. 황지우 씨에게 경하를 보낸다.

그리고 이윤택 시인의 작품이 또한 상당히 좋게 평가된 점과, 강은교·장석주·최승호·김혜순 제씨도 칭찬하시는 심사위원이 계셨음을 아울러 전한다.

이분들 모두가 더 좋은 시를 쓰게 된다면, 고스란히 한국시의 자산에 보탬이 되겠기에 이런 점에서도 더 좋은 시를 기대해 마지않는다.

새로운 시대, 새로운 실험 의식

김 용 직

  얼마간의 논의를 거친 다음, 올해 소월시문학상의 수상자로 황지우를 뽑기로 했다. 그 성격으로 보면, 그의 작품은 소월의 것들과 엄청나게 다르다.

  20년대에 소월이 읊은 시들은 일반 독자에게 거의 저항감 없이 읽힌 것들이다. 그러나 황지우의 작품은 그와 달리, 강한 실험 의식의 결과로 제작된 것이다. 그의 시에는 곳곳에 폭력적인 언어 사용이라고 할 수 있는 심상이 제시되어 있다.

  신문 기사의 한 부분이 그대로 나오는가 하면, 정상적 차원에서는 수긍이 되지 않는 속어와 비어도 쓰였다. 이것은 황지우의 시가, 70년이라는 시간의 상거(相距)를 감안하더라도 소월의 것들과는 상당히 다른 성격의 것임을 뜻한다.

  그럼에도 소월의 이름을 달고 선정되는 이 문학상에서

황지우가 지명된 까닭은 무엇인가.

무엇보다 이 경우에 문제 되어야 할 것이 두 시인이 시를 쓴 시대적 여건 내지 상황이다. 소월의 시대에는 분명히 그 부드러운 가락, 섬세한 감성으로 민족적 애환을 노래할 필요가 있었다. 그러나 황지우와 오늘 우리 세대가 직면한 상황은 그와 엄청나게 다르다. 오늘 우리가 사는 시대는 적어도 두 가지의 각도에서 강한 충격을 시에 가하고 있는 중이다.

첫째, 오늘 우리 주변을 휩쓸다시피 하고 있는 것은 전자 문화다. 그런데 이 문화는 간단한 기기의 조작으로 손쉽게 그 결과 내지 응답 형태를 얻어낼 수 있다. 시는 이와 달라서, 상당히 뜸을 들여야 그 의미 내용의 테두리를 드러낸다.

다음, 우리 시대의 모든 문화 활동에는 시가 그 목소리를 삽입시킨 듯 보인다.

'개미처럼 부지런히 꽃을 찾는 꿀벌처럼.' 이것은 어느 학교의 도서실에 걸린 게시 구호의 하나다. 이런 언어 구사는, 김소월의 시대라면 상당히 실험적인 시인이 썼음직한 작품의 일부가 될 수 있을 것이다. 그런데 이것이 오늘 우리 주변에서는 거의 일상어의 차원에서 사용된다.

그러니까 한 세대 전에는 시가 독점한 말들이 오늘 우리 주변에서는 일상어로 그 자리를 옮기기가 일쑤다. 말을 바꾸면, 오늘 우리 주변의 시는 그 곳간의 재산을 다른 문화 분야의 손에 의해 마음대로 반출, 이용당하는 사태에 직면하고 있는 것이다.

이 엄청난 사태에 직면하여 시가 여전히 문화의 꽃으로 남을 수 있는 길은 무엇인가. 이렇게 제기되는 물음에 해답을 제시하기 위해 우선 우리가 해야 할 일은 현대 문화의 속성에 대한 성찰이다.

표면상 자판만을 두드리면 결과가 나오는 전자 기기들은, 그러나 그것을 가능하게 한 과정이 있었다. 그 과정은 모두가 끈덕진 시도, 집념과 인내라고밖에 말할 수 없는 긴 정신의 훈련 과정을 통해서 이루어진 것이다.

그러니까 오늘의 시가 제구실을 하기 위해서는 전자 문화의 표피적 단면을 버리고, 그 본질에 육박하는 쪽으로 움직여야 한다. 그래야 우리 시대의 시가 도전을 극복하고 시대의 지배자가 될 수 있다.

다음 두 번째 문제를 위해서도 비슷한 이야기가 가능하다. 다른 분야의 시 이용은 각도를 달리해 생각하면, 그것이 시의 영토 확장이라고 볼 수 있을 것이다. 그렇게 확장되는 영토 위에서 한결같이 시가 통치권을 행사하기 위해서는, 오늘의 시인들이 시의 동력학(動力學)을 배가시킬 필요가 있다.

이것은 오늘의 우리 시에 문체·형태·구조 등 다각도로 기능적인 실험을 할 것을 요구한다. 필요로 하는 동력학의 확보를 위해서, 오늘의 시는 천사나 현자만이 아니라 지옥의 악마까지와도 손을 잡을 수밖에 없다.

이야기가 사적인 쪽으로 일변되어 버리지만, 본래 나는

모험주의나 방외인(方外人)의 기질을 좋아하지 않는다. 그런 사람들은 대개 설익은 생각으로 사태를 판단하고 격한 행동에 나서기를 좋아한다. 그 설익은 행동 양태가 나는 생리적으로 싫다.

그러나 오늘 우리가 당면한 현실 또는 상황을 생각하고 시를 그에 대비시켜 보면, 적어도 우리에게는 적극적인 대응책이 수립되어야 한다. 그 길이 격렬한 실험이라고 믿는 것이다.

최종심에까지 오른 몇 명의 시인들의 작품 가운데서 황지우의 시는 그럴 수 있는 가능성이 가장 큰 경우라고 생각되었다. 이런 이유에서 올해 소월시문학상 수상자로 그를 미는 데 한 표를 던졌다.

거듭된 정진을 통해 그의 시가 우리 문학사에 치솟는 높은 산맥이 되어 주기를 바라고 기대한다.

리얼리즘과 모더니즘의 조화

오 세 영

　수상 후보로 오른 시인들은 모두 나름의 시적 개성과 수준을 지키고 있었다. 그러나 이중에서 황지우 씨를 수상자로 뽑는 데—필자 자신이 제의한 바지만—본 심사위원들 사이에는 별 이의가 없었다. 그것은 절차상 심사위원들이 세 명씩 복수로 추천한 명단 가운데서 황지우 씨가 가장 많은 표를 얻었기 때문이다.

　그외 다수의 추천을 받은 시인으로는 이윤택 · 강은교 · 임영조 · 김혜순 씨 등이 있었음을 밝혀 둔다.

　다 아는 바와 같이, 황지우 씨는 80년 《중앙일보》의 신춘문예를 통해서 문단에 데뷔하여, 소위 80년대 신인 그룹을 주도한 시인이다.

　등단 이후 90년까지 10여 년 동안, 그는 왕성한 실험 의식과 정력적인 시작 활동을 전개하면서 네 권의 창작 시집을 간행하였다. 이러한 사실 하나만으로도 그의 문학은 시단의 주목을 받기에 충분하리라 생각한다. 그러나 무엇보다도 중요한 것은 그가 보여 준 작품 세계다.

그는 우리 시사에서 이상(李箱) 이래 가장 실천적인 아방가르드의 미학을 추구한 시인이다. 물론 그에게서 전체적으로 강한 포스트모던적 요소가 발견되지 않는 바도 아니다. 그리고 몇몇 비평가들이 그의 문학을 포스트모더니즘의 범주에 포함시키고 있다는 것도 잘 알려진 바와 같다.

그러나 그럼에도 불구하고 나는 그의 시가 포스트모던한 성격을 뛰어넘는다고 생각한다. 그것은 그의 미학이 단지 무의미의 유희나 기표의 장난, 혹은 무역사성(無歷史性)에의 허무 등에 떨어져 있지는 않기 때문이다.

그의 시는 현실에 대한, 역사에 대한 치열한 참여로 씌어진다. 그의 시는 제도화된 사회 혹은 물화된 삶에 대한 공격의 미학인 것이다. 아방가르드로서 황지우의 의미가 여기에 있다. 그가 사는 시대가 또한 유례없이 비극적이었던 까닭에, 그의 문학은 그만큼 값진 것이기도 하다.

황지우의 시에는 리얼리즘과 모더니즘을 조화시키려는 노력이 엿보인다. 그의 시는 산문적이면서도 시적이다. 그의 이념은 정치적이면서도 미학적이다. 그의 언어는 전달적이면서도 존재론적이다. 이 양자들은 분명 모순되는 관계에 있으며, 그의 시는 바로 이 모순들의 조화에 서 있고자 하는 것이 분명하다.

나는 그것을 〈선정 이유서〉에서, 지상의 타오르는 등불과 하늘의 빛나는 별이라는 상징으로 이야기하고자 했다. 그러나 이 양자 사이에 놓이는 거리는 또 얼마나 먼가.

　나의 바람은 그의 시가 그 어느 한쪽으로—지상이든 하늘이든—추락해서는 안된다는 것이다. 물론 몇 가지 문제점이 노정(露呈)되기는 했으나, 그가 이러한 작업을 성공적으로 수행해 왔던 것은 사실이다. 그러나 그의 문학이 한 차원 더 높은 수준으로 상승하기 위해서는 새로운 전기를 맞이해야 하리라는 것이 우리의 생각이다.

　무엇보다도 그는 모더니즘이나 아방가르드가 기독교에 토대한 서구 문명의 소산이라는 것, 그리고 그들의 문명사적 종말 의식이 동양적 전통에서 그 탈출을 모색하려 하고 있다는 사실을 알고 있을 것이다. 그가《게 눈 속의 연꽃》에서 불교적 세계에 심취했던 것도 아마 그러한 이유 때문이었으리라 짐작해 본다.

　그러나 그 이후, 특히 최근의 시작에서, 그가 다시 서구적 관점의 세계관으로 회귀하려는 조짐을 보인 것은 경계해야 할 일이다. 그 외 미학적 대중주의에의 지향, 지적 허무주의에의 탐닉, 언어에 대한 신뢰성의 포기와 같은, 포스트모던의 팝 문학적 속성이 최근의 시작에서 엿보이는 것도 이 자리를 빌어 지적하고 싶다.

진흙 정신에로의 귀의(歸依)

황 지 우

▲ 나는 진짤까 가짤까

파스칼의 《팡세》에서 「시인이긴 하지만 진실되지 못한 사람」이라는 구절을 읽을 때 나는 속으로 뜨끔했다. '나'는 진짤까 가짤까? 나는 내가 끊임없이 의문스럽다. 의문의 혀에 고이는 녹물 맛!

나는 의심이 많다. 그 의심이 나를 녹슬게 한다. 그래서 수식이 없는 것을 나는 견디지 못한다. 그것은 내가 불안하기 때문이다.

시는 아주 근본적으로는 존재가 아니라 수식이다 ; 물리학과 비교해 보라. 존재를 부식시키는 지나친 의식.

자기를 지나치게 들여다보는 것 ; 그게 불안이다.

어떤 날은 내가 내 목소리를 듣고 있을 때가 있다. 감기 기운이 있을 때, 혹은 간밤에 술 많이 마신 날 아침 전화를 받을 때 내 목소리가 약간 떠서 내 귀에 들린다. 그

소리는 몹시 어색하고 낯설고 이상하고 듣기 싫다. 나는 나 같지가 않다.

나를 나로부터 떠밀어 내는 어떤 힘, 나를 부정하고 싶어하는 내 속에 있는 '어떤 것', 내가 남의 육체에 들어와 있는 것 같은 느낌을 주는 그것 ; 이것은 무엇일까? '타아(他我, alter ego)'? 아니면 진아(眞我)? 이것은 병인가 깨달음인가?

백일홍 나무 뿌리를 향해 개미들이 떼지어 이동한다. 그 가운데 한 마리를 손가락 끝에 올려 놓고 본다. 동(同)은 일(一)이 아니다. 이 개미에게 자아가 있을까? 개미를 손으로 문질러 죽이려 하자 그것은 도망친다.

물에 잠겨 가고 있는 배에서 빠져 나가려 하는 나, 혹은 불 난 백화점에서 비상구를 찾아 헤매는 나를 상상해 보자. 종(種)으로 존재하는 것들에게 죽음이 없는 것은 아닐지라도 죽음이 두려운 것은 아닐 것이다.

나로 하여금 죽음을 두려워하게 만든 것은 나의 육체다, 아니 나의 육체에 거주하는 자아다. 나는 가끔 한밤에 깜짝 놀라 일어나서 내가 없어져 버리는 것, 이 '나'가 말끔하게 사라져 버리는 것에 직면하곤 한다. 냉장고를 열고 냉수를 벌컥벌컥 들이켠 다음 유리컵을 내려다보면, 거기에는 백열등의 광채를 담은 황홀한 불이 담겨 있다.

도대체 나는 무엇을 이렇게도 두려워하는가?

전화를 받으면 저쪽에서「나야!」하는 목소리가 나온다. 나는 그의 육체를 보지 않고도 그의 음성만으로, 그것도 전기 작용에 의해 변색된 소리만으로 '그-임'을 내가 알아본다는 것이 신비스럽다.

경찰이 보관하고 있는 신원 확인의 명세서들 ; 얼굴, 체형, 지문, 사투리, 억양 등등은 그 육체에 속해 있는 기호들이다. 그러나 2살 때의 나, 22살 때의 나, 42살 때의 나는 그 육체적 기호들에 있어서 조금씩, 혹은 현저히 다름에도 불구하고 나는 왜 계속 '나'이며 아무런 의심 없이 '나'라고 생각할까?

어떤 사람이 시차적으로 장기 이식 수술을 받았다고 가정해 보자 ; 처음에는 A라는 사람의 콩팥을 이식받고, 몇 년 뒤 B라는 사람의 심장을 이식받고, 또 몇 년 뒤 C라는 사람의 눈알을 받고, 마침내 그의 중요한 장기를 모두 바꿔 치웠다고 하자.

그는 누구인가? 그는 남의 육체적 부분들을 시차를 두고 자기화함으로써 여전히 그가 '그-임'을 유지할까, 그렇게 할 수 없을까? 그렇게 할 수 있다면 그것들을 자기화하게 하는 것은 무엇일까? 성격? 성격도 변하지 않는가.

자아는 차이를 만들고, 그 차이에 의해 자아는 알려진다. 이기심은 차이를 확대한다.

어쩌다 TV를 보면, 어떤 인물은 내가 아는 사람과 꼭 닮았다. 해태 타이거즈의 이건열 선수는 타석에서 공을 노려보는 것이, 약간 신경질적인 긴장 상태에서 사리를 조목조목 따지려 드는 소설가 양귀자와 영락없이 닮았다.

시인 신경림은 뜻밖에도 데카르트와의 닮음이 있다.

다(多) 가운데 있는 얼마간의 동(同) ; 가족 유사성을 넘어서, 남녀와 동서와 시대의 차이 사이를 가로질러 있는 이 닮음은 무엇을 뜻할까? 그것은 이 지구상에 한번 살았던 적이 있거나 지금 살고 있는 모든 사람들을 그 사람들 수보다는 적은 수로 나누어 볼 수 있는 '타입(type)'들이 있을 수 있음을 말하지 않을까?

원(圓)은 서로 다른 해바라기와 민들레꽃의 구조를 이루는 타입이다. 관상학에서 분류되어 있는 신체적 기호들의 타입, 사상의학(四象醫學)에서의 체질들의 타입, 심리학에서의 성격들의 타입 등등을 유적(類的)으로 보다 세분하여, 그 가운데 하나의 조합이 큐빅 게임의 색채 맞추기처럼 배열되어 있는 복잡하고 커다란 인류학적 모형을 나는 상상해 본다.

나는 이 타입들을, 이 모형 속에서 생겨나고 무르익은, 상대적으로 자율적인 '모나도(monado)'라는 개념으로 바꿔서 생각해 본다. 이런 생각을 갖게 되면, 「어떤 사람은 이러저러한 모나도들의 '다발'이며, 또 어떤 사람은 이러저러한 모나도들의 다발이다」고 말할 수 있다(나는 마음속으로 '모나도'라는 말에 ×표를 친 채 사용했다).

▲ 내용 증명이 없는 '나'
인간은 그렇게 절대적으로 자유롭지는 않다. 자유란, 모나도들이 다발, 송이를 이루는 매우 복잡하고 다양한

경우의 수며, 이 수가 무한은 아니다. 다만 모나도-이루기가 지금껏 끊임없이 계속되어 왔을 따름이다. 의식이 자유가 아니라 '자유'라는 관념이 의식 위에 얹혀져 있다.

죽음은 인간의 자유 관념을 밀폐시켜 버린다. 혹자는 자살을 인간 자유의 보증서로 제시하고자 했다. 죽음의 '선택'은 그 자체로 자유가 아니라 '부자유'의 선택일 뿐이다(나는 마음속으로 '자유'라는 말 위에 ×표로 지운 흔적을 둔 채 사용했다).

이처럼 '조건지어진 자유'로서의 인간적 실재를 모나도 큐빅 게임으로 꾸미는 내 생각의 황당한 실험은 일단, 죽음을 괄호 친다. 두려움도 그 괄호 안으로 들어가 밀폐된다. 그러니까 이 괄호는 일단, 심리적인 것이다.

나의 죽음을 심리적으로 방해하고 있는 것은 나의 자아다. 내가 죽음을 두려워하는 것은 내가 죽음에 의해 물리적으로 녹아 버린다는 생각 때문인데, 이런 생각에는 내 육체에 주인처럼 거주하고 있는 나의 자아가 다른 것들과 차이가 있고, 그것들과 떨어져서 스스로 있는 '실체'라는 생각이 들어 있다.

나는 이 생각을 바꾸자는 것이다. 자아는 세포나 원자처럼 물리적인 단위가 아닌, 내 속에도 있고, 바깥에도 있는, 이런저런 모나도들의 이름이라는 생각으로! 내가 꼭 나만은 아니다는 생각으로!

「내가 죽더라도 당신이 있어서 괜찮아!」라고 웃으면서 말할 수 있다면 얼마나 좋을까.

서산 대사는 만년에 거울을 보면서, 거기에 어른거리는 그림자에게 이렇게 말했다고 한다 ;「70년 전에는 네가 나이더니 70년 후에는 내가 너로구나.」

조주 스님이 입적하려 하자, 한 학승이 스님의 모습을 그려서 내놓았다. 스님이 말한다 ;「만일 나를 닮았다면 나를 때려 죽여라. 만일 닮지 않았다면 태워 버려라(若似老僧 卽打殺我 若不似 卽燒却).」(《조주록(趙州錄)》, 경서원, 506쪽)

큰 물이 흐르다가 여울목에서 물거품을 만든다. 얼마간 표면 장력을 갖는 거품에 때로 무지개색이 나타나기도 한다. 그 나타남의 안팎은 비어 있다. 큰 물이 흐른다.

예술가, 시인들과 만나면 꼭 그 뒤끝이 안 좋다. 그들에게는 동상으로 된 자아에 대한 숭배가 있다. 뒤끝이 안 좋은 것은 나에게도 그놈의 동상이 있기 때문이다.

요즘엔 누가 날 씹으면 한동안 멍해 있다. 어떻게 대꾸를 못하겠다. 자아가 드러날수록 사람은 천박해진다(이런 말도 안해야 하는데).

불멸 ; 좀 우스꽝스러운 생각.

진아(眞我) ; 그 내용 증명이 아직 나에게는 없다. 그러나 그것이 있으리라는 짐작은 간다.

수년 전 덕수궁 뒷마당에서 본 극락조 ; 붉은 깃털, 황금빛 목을 하고 있는 그 새는 자신의 몸보다 훨씬 긴, 윤기 나는 청록빛 꼬리를 땅에 끌면서 천천히 걸었다.

생존을 초월해 있는 것 같은 아름다움, 자신도 알아차

리지 못하는 극진한 미(美)를 보면 그 배후에 무엇인가가 있는 것처럼 느껴진다.

저 색채, 저 폼은 먹이 사냥이나 소화, 생식의 필요를 훨씬 지나친, 말하자면 어떤 미적 잉여로서 극락조 자신에 있으면서 극락조로부터 넘쳐 나 있다. 자신 속에 있으면서 자신을 벗어난, 그리고 자신은 아직 깨닫고 있지 못한 이 아름다움의 설계자, 명령자, 정보 전달자는 땅바닥을 걷고 있는 저 극락조 자신일까?

지금 이 글을 쓰고 있는 방의 유리창으로 보이는 족두리꽃의 완벽한 아름다움 때문에 나는 그 형태, 대칭, 균형, 놀랄 만큼 신비스러운 색채 배후에 무엇인가가 있지 않으면 안된다는 것을 느낀다. 그것을 DNA라 부르든, 브라만이라 부르든, 신(神)이라 부르든.

나는 내 배후에 있는 무엇인가를 느낀다. 나를 나로부터 밀어내고 나를 부정하고 싶어하는 그것 ; 타아라고 부르든 진아라고 부르든, 그것을 번개에 의해 드러난 풍경처럼 환하게 보진 못했지만, 그것은 있으며 있지 않으면 안된다.

▲ '난 아무도 아니오'

정신의 정전(停電) 상태라고나 할까. 요즘 나는 어떠한 판단도 주장도 상상도 할 수 없는 어둠 속에 있다.

내가 나 아니다고 느끼는 것, 내 어두운 배후에 있을지 모를 나 아닌 다른 나에 대한 존재감에 집착하는 것 : 이것은 병인지도 모른다. '스키조(schizophrenia)'? 아니면 해리(解離) 현상? 나는 그것을 안다. 물론 앎이 치유는 아니다. 그것도 나는 안다. 드높은 창공의 화엄화된 헛꽃에 도취해 있다가 진흙 구덩이에 거꾸로 처박힌 것이다.

그렇지만 나는 이대로 이 진흙의 정신에 귀의하고 싶다. 위험스럽기 짝이 없는 도박이지만, 내 생의 남은 판돈을 여기에 걸고 싶다.

지옥으로 내려가 내 임을 내 노래로 깨워 내 데리고 나올 수 있을까? 문제는 내 노래의 힘을 내가 의심스러워한다는 데 있다.

지하에서 짐승처럼 울부짖는 소리가 웅웅 증폭되어 나오는 이 입구에 이르기까지, 나의 정치적 경로는 생략해 버렸다. 다만 이번 대선 직후 내가 살고 있는 광주에는 사흘 간 겨울 비가 추적추적 내렸다. 시내 레코드 가게에서는 더 이상 노래를 들려주지 않았다.

나는 영화 〈빠삐용〉을 다시 봤다. 악마의 섬으로 되잡혀 온 빠삐용이 절벽 위 돌 벤치에 앉아 망과를 씹으면서 바다를 바라본다. 그때 한 노인이 나타나서, 이 자리는 드레퓌스 대위의 자리니 앉지 말라고 한다. 그리고 격한 소리로 「넌 누구냐?」고 묻는다. 갑자기 부신 빛에 대면했을 때처럼 눈살을 찡그리면서, 스티브 매퀸은 힘없이 답한다 ; 「난 아무도 아니오.」

'소월'의 이름과 관련된 이 글을 마치려 하면서, 문득 나는 그분이 올려 놓은 우리말과 시의 음악적 상태에 전혀 기여하지 못했다는 자괴감을 갖지 않을 수 없다.

어떤 성취나 기록 갱신에 대해서가 아니라, 시(詩)로 하여 힘들어하고 지쳐 있는 자에 대해서 시선을 준 것으로 나는 이 상을 이해하고 싶다. 그런 점에서 단순한 의전 용어로서가 아닌 깊은 감사를 심사위원 선생님들께 드린다.

황지우의 어제와 오늘, 그리고 내일

진 형 준
(문학평론가 · 홍익대 교수)

▲ '돌아다님'을 끝내고 거울 앞에 선 시인

황지우의 네 번째 시집인 《게 눈 속의 연꽃》의 해설에서, 나는 「시인 황지우가 돌아다닌다」라는 단언으로 글을 시작했었다. 「황지우가 돌아다닌다」라고 쓰면서, 그가 이전에는 어느 지점엔가 머물러 있었으나 이제 새삼스레 여행을 시작했다는 의미로 읽히기를 바란 것은 물론 아니다.

나는 「황지우가 돌아다닌다」라는 표현을 통해 그가 시인으로서, 한 사내로서 걸어온 길의 의미를 되묻기 시작했다는 뜻을 전하고 싶었다. '걸어온' 길, '걸어가는' 길, '걸어갈' 길은 그 길이 길로서의 일정한 방향성을 지니고 있으며, 그 길은 지나가면 그만인 일회성의 길이다.

그 길은, 걸어온 길, 걸어가고 있는 길, 걸어갈 길에 대한 돌아봄도 없고 되돌이킴도 없는 길이다. 그러나 '걸어

감'이라는 단어를 '돌아다님'으로 바꾸어 놓으면, 걸어가는 행위나 대상은 반복되고 중첩되게 마련이다.

하지만 사실, 이미 걸어온 길을 물리적으로 되돌이킬 수는 없다. 겨우 할 수 있는 일은, 현재도 물리적으로 계속 흐르고 있는 시간, 나의 삶의 길 도중에서 지나온 길을 되돌아보고 성찰하는 수밖에 없다.

《게 눈 속의 연꽃》에 유난히 길에 대한 시들이 많이 나오는 것은, 시인으로서의 나아갈 길을 확인하고 다짐하기 위해서가 아니라, 걸어온 길을 되돌아보고 성찰하기 위해서다. 나는 길에 대한 그러한 성찰 자체를 '돌아다닌다'라는 표현 속에 포함시키고 싶었던 것이다.

그런데, 그가 그 '돌아다님'의 끝에서 요즈음은 거울 앞에 섰다. 「이제는 돌아와 거울 앞에 선 내 누님 같은 ……」의 폼으로는 물론 아니다. 그는 거울 앞에서,

나, 이번 생(生)은 베렸어,
다음 세상에선 이렇게 살지 않겠어
이 다음 세상에선 우리 만나지 말자
……

아내가 나가 버린 거실
거울 앞에서 이렇게 중얼거리는 사나이가 있다 치자
그는 깨우친 사람이다
삶이란 게 본디, 손만 댔다 하면 중고품(中古品)이지만

〔……〕
흔적도 없이 지나갈 것
〔……〕
지나가기 전에 흔적을 지울 것
　　　　　　　　　— 〈거울에 비친 괘종시계〉 중에서

이라고, 삶의 흔적을 아예 지우고픈 욕망(삶의 흔적을 완
전히 지울 수 있다면 아마 다시 태어날 수 있으리라), 아니,
욕망이라기보다는 허망에 젖기도 하고

　　거울 보는 것을 두려워하면서도
　　거울에 자주 나타난다,
　　내가
　　〔……〕
　　턱 밑 털을 밀기 위해 추켜 올린 내 얼굴 ;
　　비누 거품을 허옇게 쓴 나의 헛것,
　　이것, 아무것도 아닌데!
　　　　　　　　　— 〈우울한 거울 1〉 중에서

처럼, 나의 육체성, 실체 자체를 부인하기까지 한다. 대
상을 비추는 거울이, 거꾸로 그 거울에 비추이는 주체의
실체성을 지우고, 흔적까지 지우도록 한다는 것은, 그 거
울이 평면적인 거울이 아니라는 말에 다름아닙니다.
그 거울은 있는 사물을 그대로 투영해 내는 사실주의적인

거울도 아니며, 자신을 한껏 아름답게 치장시켜 자기애에 빠지게 하는 나르시스적인 거울은 더더욱 아니다.

그 거울은, 차라리 공간적인 부피를 지닌 거울이다. 그 거울은 공간적인 부피를 지니고 있기에, 실체의 깊은 곳, 실체의 이면을 더욱 잘 비추어 준다.

그러나 말이 그렇지, 거울에 어디 부피가 있고 깊이가 있으랴. 그 거울은 시인의 마음에 다름아니다. 시인의 마음이면서 시인의 마음을 비추는, 스스로 주체이면서 객체인 그런 거울. 그는 그 거울과 '신간 편하게' 논다.

한때 나는 저 드높은 화엄(華嚴) 창천(蒼天)에 오른 적 있었지
숫개미 날개만한 재치 문답으로!
어림 턱도 없어라

망막을 속이는 빛이 있음을 모르고
흰 빛 따라가다
철퍼덕 나가떨어진 이 궁창 ; 진흙 - 거울이어라

진흙 - 마음밭에 뿌리 처박고 머리털 터는 오리꼴이라니
더욱 더러운 것을 두려워하지 않아도 되니
신간은 편하다만

이렇게 미친 척 마음 가지고 놀다

병 깊어지면 이 어두운 심통(心筒),
다시 빠져 나갈 수 있을지 아슬아슬하다
                              ─〈우울한 거울 3〉

그 아슬아슬한 시인에게, 그 진흙-거울, 진흙-마음밭
에서, 정말 신간 편하게, 시 잘 쓰면서 잘 놀고 있으니 얼
마나 좋겠느냐고 부러워하거나, 그렇게 마음만으로 놀고
있을 시인에게, 「너 요즘 뭐 먹고 사냐?」라고 한 번도 물
어 봐주지 않는 것도 문제겠지만, 그렇게 신간 편하게 그
진흙-마음밭에서 혼자만 놀지 말고, 다시 망막이 시키는
대로 밝은 빛을 따라가라고 요구하는 것도 옳은 태도는
아니다.
  그보다는 그 진흙-마음-거울의 내용, 변모 등을 살피
면서 시인이 그 진흙-마음-거울을 가지고 어떻게 잘 노
는가를 살펴보는 것이 옳은 태도가 아닐까?

  ▲ 시인의 마음에 비추인 시인의 마음은 '11월의 나무'
  우선, 시인의 마음에 비추인 시인의 마음은 '11월의 나
무'다.

  11월의 나무는, 난감한 사람이
  머리를 득득 긁는 모습을 하고 있다
  아, 이 생(生)이 마구 가렵다
  〔……〕

11월의 나무는
아직도 살려고 발버둥치는 환자처럼, 추하다

그래도 나무는 여러 번 살아서 좋겠다
　　　　　—〈나무는 여러 번 살아서 좋겠다〉 중에서

　올해 마흔두 살인 시인은, 자신을 '11월의 나무'에 비유
한다. 읽는 이에 따라서는, 마흔두 살에 벌써 11월의 나무
를 느끼는 시인의 마음에서 조로(早老)를 읽을 수도 있겠
지만, 그렇게 읽으려면 시인이 살아온 세월이, 집착할 그
무엇이라는 전제가 필요하다.
　그러나 시인은 「가려운 생을 털고」 있으며, 「내가 어떻
게 마흔인가」라고 마흔의 나이를 버거워하고 있다. 시인
은 삶의 흔적을 지우고 싶어하고(〈거울에 비친 패종시
계〉), 「옷걸이에서 떨어지는 옷처럼/그 자리에서 그만 허
물어져 버리고 싶은 생(生)」(〈어느 날 나는 흐린 주점[酒店]
에 앉아 있을 것이다〉)라고 말한다.
　마흔두 살에 11월의 나무를 느끼는 시인은, 젊은 날을
아쉬워하는 게 아니라 마흔 살을 버거워한다.
　그런데, 그 11월의 나무를 바라보는 시인의 시선은 아
주 특이하다. 11월의 나무는 우선, 벗어 버리고픈, 되돌이
킬 수 없는 삶을 살아온 시인과 동일시된다. 그것은 황혼
의 풍경이고, 황혼의 마음이다.
　11월의 나무는 외견상 쇠락의 모습을 띠고 있지만, 봄

이 다시 오면 분명히 소생한다. 쇠락하는 것 가운데서 찾아진 생명의 싹은 대개 찬미와 경탄의 대상이다.

그런데 시인은 그 나무에서 생명을 보는 순간, 「아직도 살려고 발버둥치는 환자처럼, 추하다」고 느끼고는, 곧이어 「그래도 나무는 여러 번 살아서 좋겠다」고 입을 삐죽거린다. 그런 시인의 마음속엔 두 가지 움직임이 동시에 들어 있다.

첫째는, 쇠락·소멸을 온전히 받아들이지 못하고 생명·활기를 탐하는 자신에 대한 안쓰러움과 비웃음이요, 다른 하나는 말 그대로 다시 살 수 있는 삶에 대한 부러움이다.

그러나 「그래도 나무는 여러 번 살아서 좋겠다」라는 시행이 시 전체를 감싸고 있음으로 해서, 추하더라도, 추하게 보이더라도 그 욕심이 이는 것을 어쩔 수 없다는 마음을 훨씬 강하게 드러낸다. 비슷한 마음을 읽을 수 있는 시의 다른 구절 하나.

그러므로, 어느 날 나는 흐린 주점에 혼자 앉아 있을 것이다
완전히 늙어서 편안해진 가죽 부대를 걸치고
등뒤로 시끄러운 잡담을 담담하게 들어 주면서
먼눈으로 술잔의 수위(水位)만을 아깝게 바라볼 것이다

문제는 그런 아름다운 폐인(廢人)을 내 자신이

견딜 수 있는가, 이리라

—〈어느 날 나는 흐린 주점에 앉아 있을 것이다〉 중에서

늙은 몸으로 홀로 주점에 앉아 있는 모습은, 위의 시만으로 볼 때는, 시인이 그리는 모습이기도 하다. '아름다운 폐인(廢人)'이라는 시어에서 느낄 수 있듯, 그 모습에는 낭만적인 그리움까지 담겨 있다.

그런데 시인은 시인 자신이 못내 의심스럽다. 11월의 나무에서 추한 모습을 보는 시인의 눈, 아니 차라리 마음, 「그래도 나무는 여러 번 살아서 좋겠다」라고 읊조리는 시인 자신의 마음을, 시인의 마음이 스스로 읽고 있기 때문이다.

▲ 자신을 불모의 사막이라 선언하는 버림의 시

시인의 마음에 들켜 버린 시인의 마음은, 시인의 마음을 놓을 수 없게 만들어 버린다. 그러나 사실, 시인에게만 사태가 그러하지는 않을 것이다. 잊혀짐, 쇠락, 무화(無化)를 견딘다는 것은 그 누구에게든 힘든 일일 터, 시인만이 읽은 시인의 마음은 아닐 것이다.

시인의 말대로 누구나 「열대어들이 수족관에서 물거품을 버금거리듯/한번의 삶이 있을 따름」임을 안타까워하면서, 자신이 헛살았음을 뼈저리게 한두 번 느껴 보지 않겠는가?

그리고 시인이 전해 주는 그 뼈저림은 뼈저림 그대로

윤리적이다. 시인도 그런 뼈저림을 느끼는구나 하고 그에
게서 동지애(同志愛)를 확인하는 만큼은 최소한도로 윤리
적이다. 그런데 시인은 그 뼈저림을 전해 주는 최소한의
윤리에서 그치지 않는다.

  슬프다

  내가 사랑했던 자리마다

  모두 폐허다

  나에게 왔던 모든 사람들,
  어딘가 몇 군데는 부서진 채
  모두 떠났다

  내 가슴속엔 언제나 부우옇게
  바람에 의해 이동하는 사막이 있고 ;
  뿌리 드러내고 쓰러져 있는 갈퀴나무, 그리고
  말라 가는 죽은 짐승 귀에 모래 서걱거리는

  어떤 연애로도 어떤 광기로도
  이 무시무시한 곳에까지 함께 들어오지는
  못했다, 내 꿈틀거리는 사막이, 그 고열(高熱)의
  에고가 벌겋게 달아올라 신음했으므로

내 사랑의 자리는 모두 폐허가 되어 있다

아무도 사랑해 본 적이 없다는 거 ;
언제 다시 올지 모를 이 세상을 지나가면서
내 뼈아픈 후회는 바로 그거다 ;
그 누구를 위해 그 누구를 사랑하지 않았다는 거

젊은 시절, 도덕적 경쟁심에서
내가 자청(自請)한 고난도 그 누구를 위한 헌신은 아
녔다
나를 위한 헌신, 나를 위한 나의 희생, 나의 자기 부정 ;

그러므로 나는 아무도 사랑하지 않았다
그 누구도 걸어 들어온 적 없는 나의 폐허

다만 죽은 짐승 귀에 모래알을 넣어 주는 바람뿐
— 〈뼈아픈 후회〉

버림조차, 사랑조차, 헌신조차 집착이었고 에고였고,
버림의 시, 사랑의 시, 헌신의 시조차 나르시스의 거울이
었을 뿐이었다고, 내 손은 항상 내 어깨, 내 가슴만 움켜
쥐고 있었을 뿐 밖으로 내밀어 본 적이 없다고, 그래서
아무런 유보 없이 자신을 불모의 사막이라고 선언하는,
이 버림의 시에다 더 무엇을 덧붙이랴.

그가 그의 마음을 갖고, 「물 빠진 연못, 내 비참한 바닥,/ 금이 쩍쩍 난 진흙 우에/소주병 놓여 있네」(《물빠진 연못》)라고 읊으며 놀던 마음 - 진흙에서 잠깐 외출했을 때, 「그 연못에서 내가 너무 커졌다는 걸/서울의 옛 친구들이 느끼게 해준다」(《낮에 나온 별자리》)에서의 '서울의 옛 친구'의 하나로서 그를 만나, 내가 너무 작아진 것을 느끼고는 그가 너무 커진 것을 아는 수밖에…….

제8회 소월시문학상 작품집

1판 1쇄   1993년 11월 25일
1판 14쇄   2022년 8월 30일

지은이   황지우 외

펴낸이   임지현
펴낸곳   (주)문학사상
주소   경기도 파주시 회동길 363-8, 201호(10881)
등록   1973년 3월 21일 제1-137호

전화   031) 946-8503
팩스   031) 955-9912
홈페이지   www.munsa.co.kr
이메일   munsa@munsa.co.kr

ISBN   978-89-7012-088-1 (03810)